Piaf – No baile do acaso

Édith Piaf

Piaf – No baile do acaso

Prefácio
JEAN COCTEAU

Posfácio
FRED MELLA

Apresentação e notas
MARC ROBINE

Tradução
ESTELA DOS SANTOS ABREU

Martins Fontes

O original desta obra foi publicado em francês com o título *Au bal de la chance*.
© 2003, L'Archipel, Paris, França.
© 2007, Martins Editora Livraria Ltda., São Paulo, para a presente edição.

PREPARAÇÃO
Mariana Echalar

REVISÃO
Eliane de Abreu Santoro
Simone Zaccarias

PRODUÇÃO GRÁFICA
Demétrio Zanin

Dados Internacionais de Catalogação na Publicação (CIP)
(Câmara Brasileira do Livro, SP, Brasil)

Piaf, Édith, 1915-1963
  Piaf : no baile do acaso / Édith Piaf ; prefácio de Jean Cocteau ; posfácio de Fred Mella ; apresentação e notas de Marc Robine ; tradução Estela dos Santos Abreu. – São Paulo : Martins, 2007. – (Coleção Prosa)

  Título original : Au bal de la chance
  ISBN 978-85-99102-99-2

  1. Cantoras – França – Biografia 2. Piaf, Édith, 1915-1963
  I. Cocteau, Jean. II. Mella, Fred. III. Robine, Marc. IV. Título. V. Série

07-5656   CDD-782.0092

Índices para catálogo sistemático:
1. Cantoras : França : Biografia   782.0092

Todos os direitos desta edição para o Brasil reservados à
MARTINS EDITORA LIVRARIA LTDA.
Rua Prof. Laerte Ramos de Carvalho, 163
01325-030   São Paulo SP Brasil
Tel. (11) 3116.0000   Fax (11) 3115.1072
info@martinseditora.com.br
www.martinseditora.com.br

"Édith Piaf a cette beauté de l'ombre qui s'exprime à la lumière. Chaque fois qu'elle chante, on dirait qu'elle arrache son âme pour la dernière fois."

— Jean Cocteau

Édith Piaf tem a beleza da sombra que se expressa na luz. Quando ela canta, parece que entrega a própria alma pela derradeira vez.
JEAN COCTEAU

APRESENTAÇÃO

T'avais un nom d'oiseau et tu chantais comm' cent
Comm' cent dix mille oiseaux
qu'auraient la gorge en sang...*
"À UNE CHANTEUSE MORTE"
Léo Ferré

Com exceção de Georges Brassens e Jacques Brel, nenhum outro nome da canção francesa teve tantos livros escritos a seu respeito quanto Édith Piaf. Biografias, livros de recordações de quem conviveu com ela de perto – e de não tão perto assim –, álbuns de fotografias, relato de casos meio verídicos, meio inventados, tentativas de análises temáticas etc. Alguns reescritos duas ou três vezes, a tal ponto eram lucrativos.

Hoje, o conjunto desses trabalhos compreende cerca de cinqüenta volumes, aos quais cabe acrescentar algumas publicações em países estrangeiros (Polônia, Suécia, Grã-Bretanha...), o que mostra a que ponto a glória da Môme [Garota] ultrapassou o âmbito do público de língua francesa e ganhou notoriedade mundial.

---

* "Tinhas um nome de pássaro e cantavas como cem/ Como cento e dez mil pássaros/ Com a garganta em sangue..." ("A uma cantora morta"). Para esta edição, optou-se por manter em francês, no corpo do texto, as letras das canções citadas, pois, em sua maioria, são conhecidas pelo público brasileiro em suas versões originais. Em rodapé apresentamos a tradução literal. Os títulos das canções também foram mantidos em francês, seguidos por sua tradução, entre colchetes, apenas na primeira ocorrência de cada título. (N. de T.)

A própria Édith Piaf colaborou para a construção desse monumento biográfico publicando dois livros de memórias, intitulados *Au bal de la chance* [No baile do acaso] e *Ma vie* [Minha vida]. Nenhum dos dois, na verdade, foi escrito por ela: cada um resultou de entrevistas com um jornalista que se encarregou de dar forma à imensa matéria recolhida. Ambos são apresentados como narrativa na primeira pessoa, como se Piaf deixasse correr a pena ao sabor de suas reminiscências.

Este *Au bal de la chance* — que está em suas mãos — foi escrito por Louis-René Dauven, jornalista da Radio-Cité e de *La Vie Parisienne*, e especialista em história do circo. Foi publicado pela primeira vez na primavera de 1958, com prefácio de Jean Cocteau[1].

Ma vie foi lançado no início de 1964, três meses após o falecimento da cantora[2]. Trata-se da compilação de artigos e entrevistas já publicados por Jean Noli no semanário *France-Dimanche*, entre 1961 e 1963, e posteriormente revistos para uniformização do estilo e maior coerência da narrativa.

Em ambos os livros, há muita coisa que é fruto da imaginação. O cotejo entre os dois mostra vários momentos em que as versões de um mesmo fato, e até do mesmo episódio da vida da cantora, são radicalmente diferentes. Invenção, exagero ou dissimulação da verdade são muito próximos. E, de fato, na coletânea de lembranças que dez anos mais tarde Jean Noli publica, com sua autoria, e dedica à cantora já falecida[3], ele explica várias vezes como nem ele nem ela se importavam com a verdade histórica quando queriam comover o leitor. Os dois parceiros inventaram e aumentaram episódios que alguns biógrafos, depois, registraram como verídicos e hoje fazem parte dos mitos mais sólidos da "lenda Piaf".

---

1. Édith Piaf, *Au bal de la chance*, prefácio de Jean Cocteau (Genebra, Jeheber, 1958).
2. Édith Piaf, *Ma vie* (Paris, Union Générale d'Éditions, 1964).
3. Jean Noli, *Édith* (Paris, Stock, 1973). Esse livro, ligeiramente aumentado e com prefácio de Charles Aznavour, foi relançado com o título *Piaf secrète*, pela editora Archipel, em 1993, 2003 e 2007.

Apenas um exemplo... Bem antes de ser a Môme Piaf, na época em que não passava de uma mocinha sem dinheiro cantando pelas ruas para conseguir sobreviver, Édith teve uma filha, Marcelle, que faleceu com um ano e meio, em conseqüência de uma meningite fulminante[4]. Édith não tinha como pagar o enterro e não se sentia em condições de cantar, então pediu dinheiro emprestado a algumas pessoas. Mas conseguiu muito pouco e, para completar a quantia, não teve outro recurso senão prostituir-se. "Um sujeito que seguia pela rua de Belleville atrás de mim me chamou como se eu fosse uma mulher da vida. E aceitei. Subi com ele por dez francos. Para enterrar minha filha![5]"

A fim de tornar o quadro ainda mais comovente – e digno das canções realistas que corriam as ruas e constituíam seu repertório –, ela conta o fato em *Ma vie*, acrescentando uma dramática pitada de pieguice: tocado pela história da filha que morrera naquela manhã, o cliente a deixa ir embora sem nada exigir dela e ainda lhe dá os dez francos combinados para o encontro.

Versão edificante e melodramática que Jean Noli explica como nasceu. Convém lembrar que, na época em que Noli faz essa entrevista, Édith Piaf já não é a mendiga anônima que foi descoberta por Louis Leplée, e sim uma cantora cuja fama se espalhara para além da Europa. Ela era uma das maiores estrelas mundiais da canção.

— Acho, Édith, que se você disser que o homem dormiu com você, as leitoras podem se escandalizar...

— Tem razão. O que você sugere, então?

— Dizer que, quando ficou sozinha com o desconhecido no quarto, você começou a chorar.

---

4. Nascida em Paris em 11 de fevereiro de 1933, a menina Marcelle morreu no Hôpital des Enfants Malades, em 7 de julho de 1935.
5. Jean Noli, *Piaf secrète* (Paris, Archipel, 2007), p. 61.

— Tudo bem. E daí?
— Aí, ele perguntou o motivo das lágrimas, e você contou que sua filha morrera. Ele ficou com tanta pena que, sem lhe tocar um dedo, deu assim mesmo o dinheiro e foi embora.
— Você está certo. Fica mais bonito e é bem moral[6].

E Noli acrescenta um comentário que expressa bem o poder de auto-sugestão que podem ter certas pessoas:

> Dias depois, Édith, ao se referir a esse episódio de sua vida, contou-o com a conclusão que eu sugerira. Perguntei, inocente:
> — E o sujeito não tocou em você, Édith?
> — Nem num fio de cabelo. Era um cavalheiro.

Assim Édith Piaf confirmou a maioria das lendas que formam seu mito e, quase sempre, transparecendo uma sinceridade absoluta. Como se ela estivesse convencida de que tudo aquilo era verdade. Esse é um ponto que deve ser enfatizado, porque não havia nela, de fato, o desejo consciente de enganar. E, sobretudo, o de enganar seu público, pelo qual sempre teve o máximo respeito, a ponto de às vezes cantar diante dele até o limite extremo de suas forças. Podem estar certos: Édith Piaf não enganava. Nem mentia. Era uma criatura de grande honestidade e sinceridade, mas propensa ao sentimentalismo e à credulidade, o que lhe causou dissabores. Vítima também da cobiça daqueles que lhe eram mais ou menos próximos e abusaram de sua inesgotável generosidade. A ponto de ter morrido atolada em dívidas... ela, uma das artistas mais bem pagas do mundo.

Essa cumplicidade implícita de Piaf na construção de uma mitologia na qual ela mesma acabou acreditando não é um fenômeno raro. Inúmeras são as personalidades públicas e os artistas

---

6. Ibidem, p. 72.

de primeira grandeza que gostam de dar uma floreada quando redigem suas memórias ou entregam a alguém essa tarefa de contar a infância, o início de carreira e a conquista da glória que já se tornou indiscutível. Esse ajeitar da história se dá em geral no sentido da idealização ou, na pior das hipóteses, da preservação do mistério. Ora, no caso de Édith Piaf, isso sempre tende a um excesso de tragédia e miséria, sob os quais deve haver um inegável masoquismo. E também uma intenção de desforra.

Desforra dos anos dolorosos da infância e da adolescência, marcados pela pobreza e pela rua, pelo desespero e pela fome. Desforra também de uma certa persistência da desgraça: já que a infância foi miserável, melhor insistir no chafurdar, glosar a indigência e torná-la ainda mais patética. Como para enfatizar o caminho percorrido e destacar ao máximo o contraste entre o vale das origens e os cumes do sucesso.

Entre essas duas imagens ingênuas que são o apogeu e a rotina, a personagem de Piaf se escreve e se disseca, há mais de cinqüenta anos... e não é fácil separar o verdadeiro do falso.

Como foi a própria Piaf quem confirmou a maior parte das fábulas que forjam sua mitologia, e como elas foram largamente difundidas pela imprensa sensacionalista, o trabalho dos biógrafos não é fácil. Parece que, a respeito de Piaf, uns copiaram dos outros sem verificar as fontes ou pesquisar mais a fundo. Sobretudo porque essas lendas combinam bem com o universo de depravados, mulheres da vida, militares de partida para as colônias, proxenetas sem escrúpulos, "mômes de la cloche" ["meninas de rua"] e amores de uma noite, que formam quase todo o repertório da cantora — pelo menos na primeira parte de sua carreira.

E como duvidar da veracidade das histórias, quando elas acabam sendo afiançadas pelo poder público, a ponto de ficar gravadas em placas comemorativas? Assim, na entrada do prédio situado no número 72 da rua de Belleville, em Paris, vê-se uma placa de mármore claro onde está escrito:

> Nos degraus desta casa
> nasceu em 19 de dezembro de 1915,
> na maior indigência,
> ÉDITH PIAF,
> cuja voz, mais tarde,
> comoveu o mundo.

Esse nascimento na rua, em pleno inverno, acrescido de detalhes curiosos — para dar mais realismo —, é um dos pontos fortes da "lenda Piaf".

Ao sentir as primeiras dores, sua mãe[7] teria saído a pé, com o marido[8], em direção ao hospital mais próximo; mas, ao perceber a iminência do parto, aninhou-se num vão de porta enquanto Louis corria para buscar uma ambulância. Como, para comemorar de antemão o feliz evento, ele foi parando pelos botequins do bairro, só voltou bem depois do parto... totalmente embriagado e, é claro, de mãos abanando. Nesse meio-tempo, dois guardas teriam cuidado dela, estendendo suas capas na calçada para que mãe e filha não sentissem tanto frio, enquanto uma enfermeira residente no bairro teria cortado o cordão umbilical com uma tesoura simples, sem esterilização, é claro.

---

7. Nascida em Livorno (Itália) em 4 de agosto de 1895, a mãe de Édith Piaf chamava-se Anita Maillard. Cantora de rua, sob o nome Line Marsa, bem cedo abandonou a filha e praticamente nunca mais teve contato com ela. Morreu na miséria, de overdose de morfina, em 6 de fevereiro de 1945.
8. Louis Gassion, o pai de Édith Piaf, nasceu em Falaise (Calvados, França) em 10 de maio de 1881. Acrobata e contorcionista ambulante, cuidou da filha e, depois que a mãe a abandonou, levava-a com ele quando viajava com sua trupe. Manteve sempre contato com Édith. Morreu em 3 de março de 1944.

Não é fácil imaginar Fréhel ou Berthe Sylva cantando isso? Mas, como sempre, a realidade é mais banal. Um simples exame nos arquivos da maternidade do hospital Tenon, situado à rua de Chine, a alguns metros da rua de Belleville, mostra que, nesse famoso 19 de dezembro de 1915, uma certa Anita Maillard, Gassion por casamento, teve uma menina chamada Édith Giovanna, trazida ao mundo pelo dr. Jules Defleur, assistido pelo residente de plantão Jacques Goviet e pela parteira Jeanne Groize.

Diante disso, só resta citar uma das últimas tiradas do ótimo faroeste de John Ford, *O homem que matou o facínora*. Nesse clássico do cinema, o personagem principal, interpretado por James Stewart, conta em entrevista aos jornalistas que sua reputação e sua brilhante carreira política estão baseadas num mal-entendido, num engano: não foi ele o homem que matou o sanguinário Liberty Valance, o terrível bandido que anos antes aterrorizara a região. Rasgando diante dele o texto da entrevista, o redator-chefe do jornal local declara: "Sr. Stoddard, quando a lenda é melhor que a realidade, costumamos publicar a lenda!".

E assim será sempre na vida de Édith Piaf.

E isso acabou pesando... Certamente de modo inconsciente, já que ela mesma divulgou essas histórias, acabando – como vimos – por acreditar nelas. Pesou tanto que um dia ela afirmou: "Quando eu morrer, vão ter dito tanta coisa de mim que ninguém vai saber de fato quem eu fui"[9].

Au bal de la chance foi o primeiro livro publicado por Édith Piaf e um dos dois únicos que saíram enquanto ela era viva[10]. Em

---

9. Édith Piaf, *Ma vie*, op. cit., p. 7.
10. O segundo livro da cantora publicado em vida é de Pierre Hiégel, *Édith Piaf* (Paris, Éd. de l'Heure, 1962).

relação a tudo o que foi escrito depois sobre a cantora, ele contém relativamente poucas inexatidões – exceto, é claro, a história do nascimento nos degraus da rua de Belleville, já comentado aqui, mas que ela menciona brevemente. Quanto ao resto, trata-se de pequenas distorções, provenientes de lapsos de memória, de omissões voluntárias que buscam preservar sua privacidade e a de certos homens que passaram por sua vida, ou de pequenos acréscimos favoráveis em casos geralmente verídicos. Logo, não há nada a desaprovar neste texto de leitura agradável, em que Édith se revela de modo vivaz e saboroso, preferindo não repisar aquilo que a magoou e sim expressar afeto e admiração pelos amigos mais queridos e por cantoras que, segundo muita gente, ela considerava rivais: Damia, Fréhel, Marie Dubas etc.

Além de não serem da mesma geração – quase todas já estavam no auge da glória quando a Môme Piaf estreou[11] –, Édith nunca deixou de expressar em público o imenso respeito que tinha por elas, nem tudo o que lhes devia. Nesse ponto, há um episódio revelador. Em 3 de julho de 1953, Marie Dubas e Édith se encontraram em Metz, onde ambas iriam cantar. Édith é então uma estrela conhecida mundialmente – sobretudo nos Estados Unidos –, enquanto Marie Dubas, sempre considerada "um monumento da canção", segue o Tour de France de cidade em cidade para se apresentar em cada etapa. As duas se encontram depois dos seus espetáculos.

Durante a conversa, ela percebeu que eu a tratava de "senhora". Perguntou-me:
– Por que não me trata de "você", Édith?

---

11. As primeiras gravações de Fréhel, Marie Dubas, Damia, Berthe Sylva e Annette Lajon datam respectivamente de 1909, 1924, 1926, 1928 e 1934, ao passo que Édith só foi descoberta por Louis Leplée no início de outubro de 1935; seu primeiro 78 rotações foi gravado em janeiro de 1936.

— Não, sra. Marie, eu admiro demais a senhora. Ficaria com a impressão de estar estragando alguma coisa[12]...

Assim era Édith Piaf. Sem dúvida a maior cantora de toda a história da música francesa... mas sobretudo uma mulher admirável, de coração tão grande que, como acertadamente disse Guy Béart: "Era uma chama que se consumia enquanto iluminava os outros".

Neste livro, Édith Piaf e Louis-René Dauven, que registra seus relatos, começam a narrativa no momento em que aquela que ainda é apenas uma desconhecida cantora de rua encontra Louis Leplée, o homem que lhe ofereceu de fato a primeira oportunidade, levando-a para estrear em seu cabaré, o Gerny's, e dando-lhe o nome artístico de "Môme Piaf". É outubro de 1935, ela vai fazer vinte anos dali a algumas semanas. Vinte anos que são evocados por trechos rápidos, mas que são essenciais para entender a personagem, sua evolução e o infindável apetite de viver, de amar e de ser amada – e do qual Bruno Coquatrix dirá: "A vida inteira ela se vingou da horrível juventude".

Horrível! Não é exagero, embora haja alguns instantes de relativa felicidade.

Quando Édith Giovanna Gassion nasce, em 19 de dezembro de 1915, a Europa está dizimada por uma das mais terríveis guerras de toda a história humana. Na frente de batalha, os homens se enterram na lama das trincheiras, e nas cidades os civis fazem o impossível para sobreviver.

---

12. Fato relatado por Édith Piaf, no presente livro, p. 68.

Anita Maillard, conhecida como Line Marsa, é cantora de rua. De origem cabila, é filha de uma artista de circo ambulante que, sob o pseudônimo de Aïcha[13], apresenta um número de pulgas amestradas. Anita completa 19 anos no dia da mobilização geral, quando se casa[14] com Louis Gassion, um acrobata-contorcionista que conhecera na Feira de Paris, homem bem-apessoado e grande conquistador.

Quando Anita o avisa de que o parto se aproxima, Louis consegue uma licença. Mesmo tendo chegado a Paris alguns dias antes da data fatídica, nada permite afirmar que ele tenha estado presente no momento do parto, no hospital Tenon – talvez estivesse festejando nos bares da vizinhança.

A menina que nasce às vésperas do Natal será batizada de Édith Giovanna. Édith em homenagem a Edith Cavell, enfermeira inglesa que trabalhava na Bélgica e foi fuzilada pelos alemães, em 12 de outubro de 1915, por ter organizado um sistema de evasão dos feridos aliados que estavam em seu hospital. Na época, o caso teve grande repercussão, e a corajosa enfermeira tornou-se uma heroína popular. Quanto a Giovanna – nome que Édith sempre detestou –, era, como costume na época, o segundo nome de sua mãe, nascida na Itália, embora sua família não fosse de lá.

Dias depois do nascimento de Édith, Louis Gassion volta para a frente de batalha. Só revê a filha em 1917, quando consegue nova licença. A mãe, que sobrevive apenas de cantar pelas ruas, logo sente a filha como um fardo. Para ter disponibilidade de tempo, entrega o bebê à avó Aïcha, que mora num quarto miserável da rua Rébeval, viela estreita e sinuosa que corta a rua de Belleville, perto do famoso número 72. Apesar da origem cabila,

---

13. Aïcha, cujo verdadeiro nome era Emma Saïd Ben Mohamed, nasceu em Mogador (Marrocos) em 10 de dezembro de 1876. Teria falecido em 1930.
14. Louis Gassion e Anita Maillard se casaram em Sens (Yonne, França) em 4 de agosto de 1914.

os preceitos do Alcorão não impediram Aïcha de tornar-se alcoólatra. Quando Louis Gassion volta a Paris depois de uma ausência de dois anos, descobre horrorizado que as mamadeiras da menina são acrescidas de vinho tinto, sob pretexto de que isso fortifica a criança e mata os micróbios. Além do mais, a menina está magérrima e muito suja: descalça, seja inverno ou verão, está coberta de mordidas de insetos e de feridas.

Decide então entregar a criança à sua própria mãe, Louise, que mora em Bernay, no Eure, onde o clima deve ajudar aquela coisinha esquelética em que Édith se transformou. Nascida numa família de 22 filhos, Louise — que, por sua vez, teve 14 — exerce a profissão de cozinheira... num bordel mantido por uma de suas primas. A história já se parece com uma dessas canções chamadas "realistas". As prostitutas da casa ficam imensamente felizes de receber a menina, a quem podem dedicar o frustrado instinto materno. Para Édith, é um período feliz. Todo mundo toma conta dela com carinho. Uma foto da época mostra uma linda menininha bochechuda e de olhos imensos, posando com elegância e de laço no cabelo. No entanto, em conseqüência de uma mal tratada inflamação da córnea, Édith fica quase cega. Todo Bernay se comove. Um médico, cliente habitual da "casa" da rua Saint-Michel, prescreve gotas para os olhos e o uso de uma venda preta por algumas semanas, que se transformam em meses.

O grande poeta inglês William Blake dizia que "os prostíbulos se constroem com os tijolos da religião". No caso, é exatamente o que acontece. Apesar de todas as condenações do vigário local, as mulheres da rua Saint-Michel têm fé; a tal ponto que, decididas a dar um empurrãozinho divino na medicina humana, resolvem organizar com Louise uma peregrinação a Lisieux. A cena é digna de *A casa Tellier*, de Maupassant: no dia combinado, essas senhoras vestem seus mais belos trajes, fecham o estabelecimento e vão, de charrete, rezar para que santa Teresinha restitua a visão à pequena protegida.

Semanas depois, o tratamento do doutor libertino acaba dando resultado, e Édith pode tirar a venda. Ela enxerga! E todas falam de milagre, louvando a santa de Lisieux.

Trata-se do segundo momento marcante da lenda de Piaf. Um "milagre" no qual ela acredita firmemente, a ponto de nunca se separar de uma imagem da santa, diante da qual reza antes de cada acontecimento importante — como, por exemplo, uma estréia no Olympia ou uma das lutas decisivas de Marcel Cerdan —, nem de uma medalha de ouro com a figura de sua protetora, que manteve no pescoço até a morte. Com o tempo, com as entrevistas, os artigos sensacionalistas e as biografias que não param de surgir, a simples inflamação da córnea torna-se cegueira total. A própria Édith fala da época em que esteve "cega", e o "milagre" é definitivamente corroborado.

Depois de recobrar a visão, a menina freqüenta por um tempo a escola Paul-Bert de Bernay, até o dia em que o pai vai buscá-la para trabalhar no espetáculo ambulante que ele apresenta. Com apenas sete anos, ela não sabe fazer nada que interesse aos espectadores, mas Louis Gassion acha que uma menininha passando o chapéu após o espetáculo pode comover o público e engordar a receita.

Com pudor, nas páginas seguintes, Édith confessa: "Gassion não era um pai carinhoso. Levei muitos tabefes. Mas nem por isso morri". De fato, os vários depoimentos sobre essa época confirmam que o acrobata tinha a mão pesada, e que Édith levava grandes surras. Isso teve importância, porque se tornou um "hábito" que a acompanhou para sempre. Não é por acaso nem por força de expressão que falávamos aqui de seu inegável masoquismo.

Dormindo muitas vezes ao relento ou nas saletas dos fundos de botecos, às vezes em imundos quartos de hotel — quando a coleta tinha sido boa ou Louis Gassion tinha feito uma nova conquista —, pai e filha viveram assim oito anos de boemia e miséria, comendo pouco, mas tendo sempre vinho e conhaque de má qualidade para esquentar, quando o frio aumentava. A menina se habituou aos poucos à bebida, numa idade em que crianças tomam suco.

Parece que foi meio por acaso, nesses anos de errância, que Édith descobriu a força de sua voz sobre as multidões. O certo é que, depois da primeira experiência, pai e filha percebem que os ganhos melhoravam. Édith começa então a cantar sempre no final da apresentação, antes de passar o chapéu. Conquistando confiança e enriquecendo seu repertório com canções em voga, ainda vive um tempo na companhia do pai até que, aos 15 anos, decide voar com as próprias asas.

Os anos seguintes são difíceis. Édith nunca sabe como vai ser o dia de amanhã, cantando na rua e nos pátios dos prédios, com sua amiga Momone[15]. Os invernos são particularmente penosos porque, por causa do frio, as pessoas não abrem as janelas e não adianta ir cantar nos pátios. Sobra apenas a rua... contanto que se evitem os guardas, que não gostam de ajuntamentos e dispersam o público, enxotando energicamente os saltimbancos.

Para contornar o problema, Édith tem a idéia de cantar nos quartéis. É claro que, a cada vez, tem de pedir autorização ao coronel, mas, quando consegue, o público é garantido, e o local da apresentação — a cantina ou o salão —, aquecido.

A adolescente está em plena fase do despertar da sexualidade, e aqueles homens bem nutridos, asseados e viris, seja em uniforme de marinheiro, legionário ou de sipaio*, mexem com ela. Eis a

---
15. Simone Berteaut, conhecida como Momone, é a autora de *Piaf* (Paris, Robert Laffont, 1969), livro de lembranças contestado pelos parentes da cantora. Momone se dizia meia-irmã de Édith, o que sempre foi desmentido formalmente pelos membros da família, a bem da verdade, dividida.
* Soldado da cavalaria, na África do Norte. (N. de T.)

origem das fantasias de "mulher de soldado" que Édith Piaf vai guardar por toda a vida e que aparecem em suas canções.

Na primavera de 1932, ela vai morar com um jovem entregador, Louis Dupont, com quem logo tem uma filha, Marcelle. Como o salário de "Luisinho" não é suficiente para alimentar três bocas, Édith volta a cantar na rua, carregando seu nenê. Quando se imagina a cena, pode parecer melodrama, mas Édith, que sofrera com o abandono da mãe, não queria de modo algum se separar da filha.

Apesar, porém, de toda a boa vontade, Édith e Momone não sabem cuidar da criança – e como poderiam, se nunca tinham tido família e ainda eram tão novas? Um ano e meio depois, a pequena Cécelle morre de uma meningite fulminante. Já minado pelas infidelidades de Édith, o casal não resiste ao drama, e "Luisinho" desaparece para nunca mais voltar. Sem um tostão para as despesas, Édith recorre à prostituição para pagar o enterro da filha – vimos como a história, arranjada por Jean Noli, tornou-se outro momento marcante da lenda da cantora.

Muitas más lembranças a ligam a Belleville. Ela tem vontade de mudar de ares e decide ir para Pigalle. Começa a freqüentar pessoas desse meio e se envolve com um pessoal "da pesada". Não os malandros de grandes golpes, mas reles cafetões, arruaceiros detestáveis, pequenos assaltantes, ladrõezinhos de segunda... Um proxeneta, que se tornou seu amante, tenta obrigá-la à prostituição. Apesar das surras de costume, ela o enfrenta e resiste, até chegar a um acordo especial: continua cantando na rua, já que não aceita fazer nada além disso, mas é obrigada a pagar toda noite a seu protetor a mesma quantia que consegue uma prostituta profissional com saúde.

Os anos em Pigalle pesam muito na vida de Édith. Não só porque seu contato com o meio barra-pesada vai ser desaprovado pela polícia após a morte de Louis Leplée, e porque uma certa imprensa vai se aproveitar disso nas manchetes, mas principalmente por criar uma mitologia pessoal em sua obra, com a idealização dos tipos sem escrúpulos e das moças de rua, a ponto de torná-los arquétipos de heróis populares, símbolos de certo conceito de liberdade, tal como fizera Aristide Bruant no final do século anterior.

Em compensação, graças a suas novas amizades, a cantora consegue os primeiros contratos nas boates de Pigalle, como a Juan-les-Pins, a Tourbillon ou a Chantilly, e nos bales populares em que se apresenta, segundo o capricho do momento, sob os pseudônimos de Tania, Denise Jay ou Huguette Hélia.

Mas, mesmo que essa época logo termine, Édith pertence à rua. Volta sempre, entre dois contratos, para alimentar a canção e respirar aquele ar de que sente tanta falta.

E é da rua que vem a grande oportunidade de sua vida. A que vai decidir seu futuro num empurrão do destino, como às vezes acontece — o grande jogador conhece isso: as cartas desencontradas da primeira mão se transformam no jogo vencedor.

A cena ocorre numa tarde de outubro de 1935. Édith vai completar vinte anos dali a dois meses. Naquele dia, ela e Momone decidem ir para o lado dos bairros chiques e se postam na esquina da rua de Troyon com a avenida Mac-Mahon, ao lado da praça da Étoile. Entre os curiosos que as cercam, um homem elegante ouve com muita atenção e aproveita o momento em que Momone faz a coleta para se apresentar...

Mas vamos deixar Édith contar o resto...

Marc Robine

PREFÁCIO

Gosto muito do modo desenvolto com que Stendhal utiliza a palavra "gênio". Ele vê gênio numa mulher que sobe numa carruagem, numa mulher que sabe sorrir, num jogador de cartas que deixa o adversário ganhar. Enfim, ele confere o devido peso à expressão. Quero com isso dizer que essas mulheres e o tal jogador reúnem, num ápice, todas as energias caóticas que compõem a graça, não medindo conseqüências para isso. Permitam-me, enfim, que adote o estilo de Stendhal para dizer que a sra. Édith Piaf é um gênio. É inimitável. Nunca houve nem nunca mais haverá outra Édith Piaf. Como Yvette Guilbert ou Yvonne George, como Rachel ou Réjane, ela é uma estrela que se devora na solidão noturna do céu da França. É a ela que contemplam os casais abraçados que ainda sabem amar, sofrer e morrer.

Olhem essa personagem baixinha, cujas mãos são como as patas do lagarto nas ruínas. Olhem sua testa de Napoleão, seus olhos de cego que acaba de recuperar a vista. Como será que ela canta? Como se expressa? Como tira do peito magro os grandes lamentos da noite? E eis que ela começa a cantar ou, melhor, que, como faz o rouxinol de abril, ela ensaia seu canto de amor.

Já ouviram esse momento de esforço do rouxinol? Ele tem dificuldade. Hesita. Arranha. Engasga. Solta e recolhe a voz. E de repente encontra. Vocaliza. Arrebata.

Bem depressa, Édith Piaf, que se descobre e descobre seu público, encontrou seu próprio canto. Uma voz que sai das entranhas, voz que a percorre dos pés à cabeça, desencadeia uma enorme onda de veludo negro. Essa onda quente nos submerge, atravessa e invade. A magia está feita. Édith Piaf, como o rouxinol invisível pousado no galho, vai também tornar-se invisível. Dela só restarão o olhar, as mãos pálidas, a testa de cera que concentra a luz, e a voz que infla, sobe, sobe, pouco a pouco a substitui e, crescendo como sua sombra na parede, toma gloriosamente o lugar da menina tímida. Nesse minuto, o gênio que é a sra. Édith Piaf torna-se visível, e todos o constatam. Ela se supera. Supera suas canções, supera a música e a letra. Ela nos supera. A alma da rua penetra em todos os quartos da cidade. Já não é a sra. Édith Piaf que canta: é a chuva que cai, é o vento que sopra, é o luar que estende seu manto.

A "Boca de sombra"*. O termo parece ter sido inventado para essa boca de oráculo.

Jean Cocteau

---

* A expressão *bouche d'ombre* remete ao poema "Ce que dit la bouche d'ombre" ["O que diz a boca de sombra"], de Victor Hugo, publicado no livro *Contemplações*, em 1856, uma tentativa de compreender a totalidade da "existência humana, que sai do enigma do berço para o enigma do túmulo". A *bouche d'ombre*, nesse contexto, cumpre papel revelador, pois mostra ao homem – numa espécie de narrativa retrospectiva que remonta à criação do mundo e dos seres – que "tudo fala", pois "tudo vive". O poema é construído a partir de uma cosmogonia em que a natureza é grandiosa; o homem, miserável; o mundo, um abismo assustador. Entretanto, a *bouche d'ombre* prediz também que não há "males incuráveis" nem "inferno eterno". Pela palavra – "tudo será dito"– é possível encontrar a reconciliação e o fim da dor. Assim, para Cocteau, a vida, a obra e a voz de Édith Piaf teriam esse mesmo poder elucidativo, oracular. (Agradecemos a Laura Rivas Gagliardi pela elaboração desta nota.)

Le long de l'herbe,
L'eau coule et fait des ronds,
Le ciel superbe
Éblouit les environs.
Le grand soleil joue aux boules
Avec les pommiers fleuris,
Les bals devant l'eau qui coule
Rabâchent des airs de Paris...

Danse, danse au bal de la chance,
Danse, danse, ma rêverie!

L'amour, ça coule au fil de l'eau!
Danse, danse, au bal de la chance,
Danse, danse, mon cœur d'oiseau!*

---

* "Ao longo da relva,/ A água escorre e faz redemoinhos,/ O céu magnífico/ fascina os arredores/ O grande sol joga bocha/ Com as macieiras em flor,/Os bailes diante da água que escorre/ repetem canções de Paris.../ Dance, dance no baile do acaso,/ Dance, dance, meu devaneio!/ O amor escorre ao fio da água! Dance, dance, no baile do acaso,/ Dance, dance, meu coração de pássaro!" (N. de T.)

I

Mais un beau jour rempli d'étoiles
Mon ciel tout bleu sera sans voile...
Adieu les cieux couverts de pluie
*D'un coup s'éclaircira ma vie.**
"UN COIN TOUT BLEU"
É. Piaf e M. Monnot, 1942[1]

Para estas recordações – que desejo contar ao acaso da memória –, por que não começar pelo dia em que o Destino me tomou pela mão para fazer de mim a cantora que sou hoje?

Uns anos antes da guerra, numa rua perto da Étoile, rua banal e sem passado, a rua Troyon. Na época, eu cantava pelas ruas, onde calhava, com uma colega que, de mão estendida, pedia um dinheirinho.

Naquele dia – numa tarde cinzenta de outubro de 1935 –, estávamos na esquina da rua Troyon com a avenida Mac-Machon. Pálida, cabelo mal penteado, sem meias, num capote furado que ia até os tornozelos, eu cantava um refrão de Jean Lenoir[2]:

---

* "Mas num belo dia cheio de estrelas/ Meu céu estará límpido, todo azul.../ Adeus, céus pesados de chuva/ De repente minha vida ficará toda iluminada." (N. de T.)
1. O título da canção, seu autor e seu compositor não figuravam na edição de 1958. Julgamos útil mencioná-los e queremos agradecer à associação Les Amis d'Édith Piaf por nos ter enviado essas informações. (Nota do editor francês)
2. Existe de fato uma música de Jean Lenoir (com letra de Marc Hély) chamada "Como um pardal". Foi gravada por Fréhel em maio de 1930, mas a letra é diferente dessa mencionada por Édith. Ou Édith se enganou ao citar de memória uma canção que não cantava havia 25 anos, ou confundiu com outra de título parecido, mas não de Jean Lenoir.

Elle est née comme un moineau,
Elle a vécu comme un moineau,
Elle mourra comme un moineau!*

Quando terminei e minha amiga começava a se dirigir ao "distinto público", aproximou-se um homem de ar importante. Eu já o havia notado enquanto cantava. Ele escutava com muita atenção, mas de cenho franzido.
Chegou perto de mim. Admirei o azul de seus olhos e seu ar um pouco tristonho.
— Você é louca? — perguntou sem rodeios. — Assim vai arrebentar a voz!
Não respondi. É claro que eu sabia que se podia "arrebentar" a voz, mas não estava pensando nisso: minhas preocupações eram mais imediatas e urgentes. Ele continuou:
— Você é completamente idiota!... Devia saber...
Ele estava bem barbeado, vestido com elegância e parecia boa pessoa, mas não me impressionava. Menina de Paris, eu reagia rápido e com veemência. Dei de ombros.
— Preciso comer!
— É claro, menina... Só que precisa achar outro trabalho. Com a voz que você tem, por que não canta num cabaré?
Eu poderia dizer a ele que, vestida como estava, com um pulôver roto, saia miserável e sapatos dois números maiores que o meu, não conseguiria me apresentar em lugar nenhum, mas só respondi:
— Porque não tenho contrato!
E acrescentei, irônica e atrevida:
— Se quiser me oferecer um...
— E se eu oferecer?

---

* "Ela nasceu como um pardal,/ Viveu como um pardal,/ Vai morrer como um pardal!" (N. de T.)

— Não custa tentar... Pague para ver!...
Aí, ele deu um rápido sorriso e replicou:
— Bem, vamos tentar. Meu nome é Louis Leplée e sou dono do Gerny's. Venha segunda-feira às quatro horas. Você vai cantar todas as músicas que sabe e vamos ver o que se pode fazer com você[3].
Enquanto falava, rabiscou o nome e o endereço na margem do jornal que tinha na mão. Rasgou e me deu a tira de papel com uma nota de cinco francos. Depois foi embora, dizendo:
— Segunda-feira, às quatro. Não se esqueça!
Enfiei no bolso o pedaço de papel e a nota, e continuei a cantar. O homem era divertido, mas sua história não me convencia.
E à noite, quando voltei com minha amiga para o quartinho no hotel miserável da rua Orfila, já decidira que não iria ao encontro.
Na segunda-feira, eu tinha me esquecido completamente de tudo aquilo. Ainda estava deitada, no meio da tarde, quando de repente me lembrei da conversa com o homem da rua Troyon.
— Ih! — disse. — Era hoje que eu devia ir encontrar o senhor que me perguntou por que não canto em cabarés!
Alguém que estava no quarto disse:
— Se eu fosse você, iria. Nunca se sabe!
Dei risada.
— Talvez. Mas não vou, não. Já não acredito em Papai Noel...
Mas, uma hora depois, vesti-me rapidamente e fui correndo pegar o metrô. Por que mudei de idéia? Sei lá. Quando Rocky

---

3. Nada é muito garantido quando se trata da vida e da lenda de Édith Piaf e, embora esse episódio seja aceito por quase todos como indiscutível — inclusive pelos mais próximos da cantora —, Jacques Primack, grande conhecedor da história da canção francesa dessa época, sugere a eventualidade de um encontro menos casual e menos romântico: "A mãe de Piaf, Line Marsa [...], também cantora [...], apresentava-se num cabaré de Leplée. Não teria ela recomendado a filha ao patrão?". Talvez! Mas tal hipótese ignora que as duas estavam brigadas e não mantinham contato desde que a mãe havia abandonado a filha bem pequena. Portanto, não é cabível pensar que tivesse havido uma ajuda profissional quase vinte anos depois e quando já eram concorrentes.

Marciano pensa no gângster que poderia ter sido e em todas as ciladas que a vida lhe armou e de que escapou sem mérito nenhum de sua parte, só "porque foi assim que aconteceu", ele acha que deve haver "lá em cima" alguém que o ama muito. Posso fazer minhas as suas palavras. Fui a esse encontro sem grande expectativa, achando que era perda de tempo... e ao qual, hoje, por nada no mundo eu faltaria.

O Gerny's ficava na rua Pierre-Charron, nº 54. Quando cheguei eram cinco horas. Leplée me esperava na entrada. Deu uma olhada no relógio de pulso.

— Uma hora de atraso — disse. — Não vai ser fácil! O que vai aprontar quando for uma estrela!

Fiquei calada e fui atrás dele, entrando pela primeira vez — num fim de tarde, é verdade — numa daquelas boates elegantes que, para a menina pobre que eu era, representavam o mais alto luxo. Esses cabarés, onde se serviam champanhe e caviar — não imaginava que lá pudesse haver outra coisa —, faziam parte de um mundo do qual gente como eu estava excluída.

O salão estava vazio e à meia-luz, exceto num canto onde eu via o piano. Lá estavam duas pessoas: uma senhora, que mais tarde eu soube ser a mulher de um médico, e o pianista, já sentado diante do teclado. Um artista! Ainda bem, porque eu não tinha partituras, mas ele me acompanhou com perfeição, se é que não me falha a memória. Soltei diante de Leplée todo meu repertório: muitíssimo variado e, a bem dizer, mais extravagante do que "consistente", ia dos ásperos refrãos de Damia às melodias açucaradas de Tino Rossi. Leplée me mandou parar quando, ao terminar as canções, eu ia mostrar árias de ópera.

Receosa no início, logo recuperei a firmeza. Afinal, o que eu tinha a perder? Algumas palavras de incentivo de Leplée coroaram meu primeiro esforço, e pus-me a cantar do fundo do coração. Talvez nem tanto pensando em conseguir um contrato, para mim

sempre tido como improvável, mas para agradar àquele senhor que mostrava interesse por mim, parecia de confiança e era simpático.
Não querendo me ouvir cantar *Fausto*, Leplée veio até mim e, tocando-me o ombro num gesto afetuoso que me surpreendeu, disse:
— Está muito bem, menina, você vai vencer, estou certo disso. Vai estrear aqui na sexta-feira, ganhando quarenta francos por dia. Só que o seu repertório não vai ser bem esse... Você tem estilo. Precisa de músicas que combinem com sua personalidade. Vai aprender quatro: "Nini peau d' chien", "Les mômes de la cloche" ["As meninas de rua"], "La valse brune" ["A valsa do crepúsculo"] e "Je me fais toute petite" ["Eu me faço pequenina"]. Dá para aprender até sexta-feira?
— Claro que sim!
— Mais uma coisa: você tem outro vestido além desse?
— Tenho uma saia preta melhor do que esta e estou tricotando um pulôver. Mas ainda não está pronto...
— Dá para acabar até sexta-feira?
— Claro.
Eu não estava muito certa de conseguir, mas a resposta viera de repente e no tom exato. Não ia arriscar perder tudo por um detalhe mínimo.
— Bem — disse Leplée. — Venha para o ensaio amanhã às quatro horas.
E, com um olhar malicioso, acrescentou:
— E veja se consegue chegar antes das seis! Por causa do pianista...
Eu ia sair. Ele me reteve.
— Ia me esquecendo, como é seu nome?
— Édith Gassion.
— Não é um nome artístico.
— Também me chamo Tania.
— Se você fosse russa, não seria mal...

— E também Denise Jay...
Ele franziu o cenho.
— Tem mais algum?
— Tem também Huguette Hélia...
Era um nome que eu usava nos bailes populares. Leplée continuou não gostando.
— Nada que sirva!
Olhou para mim por um longo momento, pensando, e disse:
— Você é um verdadeiro pardal de Paris, e o nome adequado seria Moineau [pardal]. Infelizmente, a Môme Moineau já existe[4]! É preciso achar outro... Pardal, na gíria, é *piaf*. Por que você não adota Môme Piaf?
Pensou alguns segundos e concluiu:
— Está decidido! Você será a Môme Piaf!
Eu estava batizada para o resto da vida.

Cheguei na hora, e até mesmo um pouco antes, para o ensaio do dia seguinte. Lá estava Leplée, com a atriz Yvonne Vallée, que tinha contracenado no Palace e no Casino de Paris com Maurice Chevalier. Leplée deve ter falado de mim para ela como sabia falar daqueles de quem gostava, pois ela se mostrou muito amável

---

4. Lucienne Garcia, nascida em Reims em 1905 (data não confirmada). Depois que os pais foram morar em Malakoff, Paris, ela começa bem jovem a cantar nas ruas da cidade e a vender flores. Descoberta pelo dono do cabaré Chez Fysher – que lhe deu o nome de Môme Moineau –, lá estreou no final dos anos 1920, mas se apresentou com mais freqüência no Liberty's, famosa boate de Pigalle que reunia homossexuais e que Louis Leplée dirigiu durante certo tempo. Vista por um empresário norte-americano, foi com ele para Nova York, onde cantou durante dois anos e, depois de vários lances românticos, casou com um milionário de Porto Rico. A partir de então e até sua morte (em 18 de janeiro de 1968), os jornais referem-se sobretudo a suas extravagâncias como milionária e não ao declínio de uma carreira que deixou gravações notáveis.

comigo. Eu estava vestida como uma pobretona. Ela pareceu nem notar e, desde o primeiro instante, tratou-me como uma colega de profissão, como uma artista. Quero que ela saiba que não a esqueci e que lhe tenho uma profunda gratidão.

Quando terminei, ela me deu os parabéns, previu para mim "uma carreira" e disse a Leplée:

— Quero dar a essa menina seu primeiro presente de artista. Todas as cantoras realistas acham que devem usar uma echarpe vermelha. É uma moda absurda... e sou contra. A Môme Piaf não vai usar echarpe vermelha...

E Yvonne Vallée me deu sua echarpe.

Uma belíssima echarpe de seda branca.

Que me foi muito útil na minha noite de estréia...

Chegou a sexta-feira. Eu não estava bem preparada.

Quanto ao repertório, tudo certo. Eu tinha aprendido três das canções escolhidas por Leplée. A quarta, "Je me fais toute petite", uma criação de Mistinguett, não quis entrar na minha cabeça, talvez porque não me agradasse, e nunca consegui aprender. Ficou combinado que ficaríamos nas três músicas. Quanto a isso, tudo bem.

Mas meu pulôver não estava pronto! Faltava uma manga. Eu o levei assim mesmo e, quando cheguei lá, fiquei no banheiro tricotando o mais rápido possível enquanto repetia a letra de "Mômes de la cloche" e de "Nini peau d' chien". De cinco em cinco minutos, Leplée abria a porta:

— E então, acabou a manga?

— Quase...

O espetáculo, porém, já começara havia muito tempo, e chegou um momento em que era impossível retardar mais uma vez a minha hora de entrar. No Gerny's, sexta-feira era dia de gala.

Leplée queria mostrar sua última "descoberta" a toda a Paris, mas tratava-se apenas de mais uma "atração" num programa concorrido, e era impensável apresentá-la depois das estrelas da casa. Achando que já esperara demais, Leplée veio me buscar.

— Agora é a sua vez!... Venha!

— Mas...

— Já sei. Vista esse pulôver! Você vai cantar assim mesmo.

— Mas só tem uma manga!

— Não importa! Cubra o outro braço com a echarpe. Faça poucos gestos, não se mexa muito, e vai dar tudo certo!

Não havia como retrucar. Dois minutos depois, eu estava pronta para enfrentar pela primeira vez um público de verdade. O próprio Leplée me apresentou.

— Dias atrás, eu passava pela rua Troyon. Na calçada, cantava uma meninota de semblante pálido e triste. Sua voz me envolveu. Fiquei emocionado e quero mostrar essa moça a vocês. Ela não tem traje de noite e, se sabe cumprimentar a platéia, é porque ontem eu lhe ensinei. Vai se apresentar tal como a encontrei na rua: sem pintura, sem meias, com uma saia muito simples... Eis a Môme Piaf.

Aí eu entrei, num silêncio que me gelou e que só mais tarde eu soube o que queria dizer: não era manifestação de hostilidade, mas a reação normal de pessoas bem-educadas que estavam se perguntando se o diretor tinha enlouquecido. Pessoas que costumavam ir ao cabaré para deixar de lado as preocupações e não achavam graça nenhuma em lembrar que havia no país, bem perto delas e não do outro lado do mundo, moças como eu, que não tinham o que comer e viviam na miséria. Com meus pobres trajes e minha cara de fantasma, eu destoava do ambiente elegante. E, mesmo que não percebessem, eu tinha consciência disso: de repente me senti paralisada pelo pânico, essa coisa horrível que até um minuto antes eu nem imaginava pudesse existir.

De bom grado eu teria dado meia-volta, mas não sou do tipo que desiste fácil. A dificuldade, ao contrário, me estimula e, quando parece que vou ser vencida, encontro, não sei onde, forças que me permitem continuar a luta. Por isso fiquei. Encostei-me numa coluna e, com as mãos atrás das costas, cabeça caída para trás, comecei a cantar:

> *C'est nous les mômes, les mômes de la cloche,*
> *Clochards qui s'en vont, sans un rond en poche,*
> *C'est nous les paumées, les purées d' paumées,*
> *Qui sommes aimées un soir, n'importe où...**

Estavam me ouvindo. Pouco a pouco, firmei a voz, ganhei ânimo e arrisquei um olhar para a platéia. Vi semblantes atentos e até graves. Nenhum sorriso. Fiquei animada. Tinha conseguido a atenção do meu público. Continuei a cantar e, no fim do último refrão, esquecendo a imobilidade a que era obrigada por causa do pulôver, fiz um gesto, um único: ergui os dois braços. A idéia não foi má, mas o resultado foi péssimo. Minha echarpe, a bela echarpe de Yvonne Vallée, escorregou pelo ombro e caiu no chão.

Corei de vergonha. Toda aquela gente sabia agora que meu pulôver só tinha uma manga. As lágrimas me vieram aos olhos. Meu sonho acabaria em tragédia. Alguém cairia na gargalhada e eu voltaria para os bastidores sob vaias...

Ninguém riu. Houve um longo silêncio, não sei de quanto tempo, mas que me pareceu interminável. Depois, de repente, irromperam as palmas. Teria sido Leplée quem as iniciara? Não sei, o fato é que vinham de todos os lados, e os "Bravo!" nunca me pareceram tão agradáveis. Levei algum tempo para me refazer.

---

* "Nós somos as meninas, as meninas de rua,/ Andarilhas que seguem, sem um tostão no bolso,/ Nós somos as perdidas, as pobres perdidas,/ Que somos amadas por uma noite, pouco importa onde..." (N. de T.).

Temera o resultado, mas ganhei uma aclamação "que não acabava mais". Tive vontade de chorar...

E, de repente, no silêncio que se restabeleceu, quando eu ia anunciar minha segunda música, uma voz disse bem alto:

— Essa garota tem talento!

Era Maurice Chevalier.

Desde então tenho recebido incontáveis cumprimentos. Mas não há nenhum de que me lembre com mais prazer.

Quando terminei a apresentação, passou a alegria. Era bom demais! Embora ainda nova, eu já tinha recebido muitos golpes da vida e era desconfiada.

Quem leva muita pancada não se habitua de repente a ser poupado. Vai ver que aquela gente toda estava se divertindo às minhas custas: tinham me aplaudido por ironia...

Leplée me chamou de novo à razão. Estava radiante.

— Você venceu — repetia ele. — E vai vencer amanhã e todos os dias.

Ele era um bom profeta, e quero desde já dizer tudo o que devo a Louis Leplée. É verdade que meu pai me dera o gosto pela música, mas foi Leplée quem fez de mim uma cantora. Cantora que tinha muito que aprender, mas a quem ele ensinou o essencial. Foi ele quem me deu os primeiros conselhos, e os melhores. Parece que ainda o ouço dizer:

— Não faça concessões ao público! O grande segredo é ser o que a gente é. Seja você mesma!

De temperamento muito independente, eu não gostava de conselhos. Mas Leplée tinha por mim tamanha afeição e atenções tão especiais, que nunca lhe manifestei a mínima contrariedade; e logo chegou o momento em que, com naturalidade, passei a chamá-lo de "papai".

Eu cantava em seu estabelecimento todas as noites. Leplée e seus amigos faziam a meu respeito a melhor publicidade boca a boca. Eu era uma desconhecida, minha foto nunca fora publicada nos jornais e mesmo assim vinha gente me ouvir. O Gerny's era uma boate na moda e vi passar por lá todas as figuras de destaque da época: ministros (um dos quais acabou mal), visitantes estrangeiros muito ricos, turfistas, banqueiros, advogados de renome, industriais, escritores e, é claro, artistas de teatro e de cinema. Como verdadeira "gaiata" de Paris, logo me adaptei à situação e, talvez um pouco inebriada pelo sucesso, cujo lado artificial me escapava, eu, que uma semana antes me esgoelava pelas ruas como a Fleur-de-Marie de Eugène Sue[5], achava natural ser aplaudida todas as noites por um público tão *blasé*.

Eu não tinha noção. Leplée me indicava a presença de Mistinguett ou de Fernandel na platéia. Eu fazia "Ah?" e, sem dar o braço a torcer, com a segurança da ignorância, ia cantar minhas músicas. Segura de mim, apesar do projetor que me cegava. Se tivesse consciência de tudo que ainda me faltava aprender na profissão que pretendia exercer, eu teria ficado muda e fugido para não comparecer diante de tais juízes...

Mas eu não enxergava tão longe. Saboreava a felicidade, para mim tão nova, de ser enfim "uma artista" — pelo menos era o que eu pensava — e de receber elogios que me recompensavam por todos os dias de miséria. A felicidade também — por que não dizer? — de ter um pouco de dinheiro. Leplée, depois de algumas apresentações, me autorizou a "passar o chapéu". Quando acabava de cantar, eu circulava pelas mesas. Os clientes eram generosos, e, uma noite, um deles, o filho do rei Fuad, me deu uma nota de mil francos. Se não foi a primeira que vi, foi pelo menos a primeira que tive...

---

5. Fleur-de-Marie é a protagonista do romance de Eugène Sue, *Les mystères de Paris* [Os mistérios de Paris], publicado como folhetim no *Journal des Débats*, entre 1842 e 1843. Reunido depois em dez volumes, obteve imenso sucesso popular.

Entre todas as boas lembranças que guardei desse período de minha vida, há uma especial. Devo-a a Jean Mermoz, o ilustre aviador, que era chamado de "Arcanjo" pelos companheiros da Linha. Uma noite, Mermoz me convidou para sentar a sua mesa. Outros já haviam feito isso antes, mas com a desenvoltura arrogante dos clientes cheios de dinheiro que fazem um favor a uma cantorazinha sem importância, concedendo-lhe a oportunidade de distraí-los por alguns instantes. Já Mermoz veio até mim e disse, nunca vou esquecer:

— Pode me dar o prazer, senhorita, de aceitar uma taça de champanhe?

Olhei para ele boquiaberta. Eu devia estar com cara de idiota. Era a primeira vez que alguém me chamava de "senhorita"!

E tive, momentos depois, mais uma grande alegria, quando Mermoz comprou da florista toda a cesta de flores para oferecê-las a mim. Era a primeira vez que eu recebia flores!

A cortesia de Mermoz me surpreendeu ainda mais porque certos freqüentadores da casa me aceitavam de má vontade. Lembro-me, sobretudo, de um diretor teatral (não vou dizer o nome) que chegou a sugerir a Leplée que me despedisse, pura e simplesmente.

— Essa tal Piaf é muito vulgar — disse ele. — Se você não a mandar embora, os fregueses vão deixar de vir aqui!

— Paciência! — respondeu Leplée. — Posso até fechar o Gerny's, mas não vou abandonar a moça.

Chegou até a despedir — coisa que soube muito tempo depois — um de seus diretores, no dia em que este, que me detestava por motivos que ignoro até hoje, lhe disse:

— É Piaf ou eu, Leplée. Escolha!

Leplée, que me amava como um pai, sempre dizia que eu tinha talento, mas, quando penso no modo como eu cantava na época, sou obrigada a confessar que a afirmação podia ser contestada. A interpretação que eu dava às canções só interessava a uma parte dos que me ouviam. Descobri isso por ocasião de uma apresentação que fiz com Jean de Rovera, o diretor do Comœdia.

Oferecendo nessa noite um grande jantar presidido por um ministro, Jean de Rovera (cujo verdadeiro nome era Courthiadès) pensara oferecer a seus convidados a pitoresca cantora que ouvira no Gerny's, a Môme Piaf, que tinha de ser ouvida logo, antes que voltasse para o meio miserável de onde saíra. Cheguei à casa dele com meu pulôver de gola alta, minha saia de malha e meu acordeonista. Minhas canções? Deixaram que eu cantasse, mas logo me fizeram compreender que esperavam outra coisa de mim. Eu era uma espécie de fenômeno, uma pitoresca amostra da humanidade, e me chamaram para fazer rir os convidados. Estavam prevenidos e eu logo percebi. Bastava eu abrir a boca, dizer algo sem importância, e eles caíam na gargalhada.

— Como ela é engraçada!... Impagável... E sem disfarces!

Eu era o palhaço da noite. Fizeram pouco de mim, sem maldade, acredito, mas com uma crueldade inconsciente que me valeu momentos horríveis.

Quando encontrei novamente Leplée, caí em seus braços. Chorando.

— Não imagina, papai! Todo o mundo fez troça de mim... Eu não sei nada de nada, tenho muito que aprender... e fico achando que sou uma artista!

Leplée me consolou.

— Se você sentiu isso, filha, está tudo bem. Quando sabemos o que nos falta, é sempre possível avançar. É questão de vontade e trabalho. E, com você, estou tranqüilo. Você vai conseguir!

II

J'ai rêvé de l'étranger
Et, le cœur tout dérangé
Par les cigarettes,
Par l'alcool et le cafard,
Son souvenir chaque soir
M'a fouillé la tête...*
"L'ÉTRANGER"
R. Malleron, R. Juel e
M. Monnot, 1936

Instalada em minha nova vida, percebi que tivera uma sorte extraordinária e que só dependia de mim não voltar para a existência miserável da qual Leplée me havia tirado. Continuava a me encontrar com os antigos companheiros, mas deixara Belleville. Tinha quarto num hotel perto de Pigalle. Levantava tarde, mas levava meu trabalho a sério e, depois do almoço, lá estava eu nos escritórios dos editores musicais. Compreendi que precisava definir um repertório. E descobri que a coisa não era fácil.

Não quero falar mal dos editores. Alguns são excelentes amigos meus e vejo hoje que têm razão, como profissionais, de agir com muita cautela. Se se entusiasmarem e não mantiverem a lucidez, estão perdidos! Obrigados a assumir, para a mais simples música, pesados compromissos financeiros, correm grande risco cada vez

---

* "Sonhei com o estrangeiro/ E, no meu coração todo perturbado/ Pelos cigarros/ Pela bebida e pela saudade,/ A lembrança dele veio, a cada noite,/ Bulir comigo." (N. de T.)

que escolhem um texto: por melhor que seja, nada garante que a canção se torne um "sucesso", e a jogada é sempre incerta. Um escritor tem seu público, os milhares de leitores que comprarão seu último romance assim que for lançado. Quando o editor envia o livro para a gráfica, ele tem uma certeza apaziguadora: sabe que, haja o que houver, venderá tantos mil exemplares e não terá prejuízo. Com a música, não é assim. Ela tem tudo a seu favor, e aí entra o imponderável. A canção que não parecia tão boa torna-se um sucesso de público, e a obra-prima na qual se apostava pode vir a ser, no plano comercial, um fracasso. Os editores sabem disso e agem com prudência. Não posso, portanto, acusá-los hoje de não terem me recebido com grande entusiasmo quando os procurei pela primeira vez.

Eu queria que me entregassem "criações". Era pedir demais. Eu não tinha discos gravados, não era ouvida na rádio, não cantava em *music halls*, meu nome era desconhecido. Já era uma sorte que me deixassem cantar as músicas dos outros, as dos artistas sem direitos exclusivos.

Hoje, entendo isso. Mas, na época, a prudência dos editores me irritava, e muitas vezes tive vontade de sair batendo a porta. Conseguia me conter e, amargurada e ressentida, ia chorar minhas mágoas com Leplée.

— Vão me dar valor quando eu não precisar mais de ninguém!

— Assim é a vida! — respondia ele, filosoficamente. — E o mais engraçado é que, quando ficar famosa, uma porção deles vai afirmar que, sem eles, você nunca teria chegado lá!

Eu sorria, consolada.

E no dia seguinte, mais animada, recomeçava as visitas aos editores...

Para conseguir uma canção, eu teria feito qualquer coisa, e a prova é a história de "L'étranger" ["O estrangeiro"]...

Eu estava no bulevar Poissonnière, no escritório do editor Maurice Decruck, que foi um dos primeiros a confiar em mim e a se mostrar amigo. O pianista da casa tocava algumas músicas para mim e nenhuma me agradava, quando chegou uma senhora loira, muito elegante, que vinha ensaiar com ele o repertório de um espetáculo a ser encenado dali a alguns dias. Era a cantora Annette Lajon.

Maurice Decruck nos apresentou e, depois das amabilidades de costume, eu me retirei discretamente para um canto da sala, cedendo pianista e piano para Annette Lajon. Ela começou por "L'étranger":

> *Il avait un regard très doux,*
> *Des yeux rêveurs, un peu fous,*
> *Aux lueurs étranges...**

Eu nunca tinha ouvido essa música, uma das primeiras — e mais lindas — de minha grande amiga Marguerite Monnot, cujo nome na época me era desconhecido. E, desde os primeiros versos, fiquei abalada. Esqueci tudo: o lugar onde estava, as paredes cheias de litografias coloridas, os escaninhos de partituras e até Decruck, de pé ao meu lado, com a mão no encosto da minha cadeira. Foi uma espécie de deslumbramento. Como se tivesse levado um magistral soco no estômago. Bem simples, a letra da canção falava de sentimentos que eu tinha vivido. Aquelas palavras, ou outras quase iguais àquelas, eu mesma tinha pronunciado e sentia que não seria difícil, com um texto dessa qualidade, ser sincera, verdadeira, comovente.

Quando Annette Lajon terminou, pedi-lhe:

---

* "Ele tinha um olhar muito doce,/ Olhos sonhadores, um pouco loucos,/ de brilho estranho..." (N. de T.)

— Oh! minha senhora... Cante de novo, por favor. É tão bonito! Sem hesitar, talvez envaidecida, Annette Lajon cantou de novo "L'étranger". Encantada, eu escutava com toda a atenção, sem perder nem uma sílaba, nem uma nota. E tive a audácia de pedir a Annette Lajon uma terceira rodada, que ela não recusou. Poderia ela imaginar que, enquanto cantava, eu decorava sua música[1]?

Annette Lajon tinha outras canções para ensaiar, mas, para que minha presença não se tornasse incômoda, despedi-me. Mas não saí de lá. Fiquei na sala do diretor, decidida a não voltar para casa sem ter uma conversinha, a sós, com Maurice Decruck. Quando Annette Lajon foi embora, comecei a ofensiva:

— Decruck, por favor, dê-me "L'étranger"!

Ele me olhou, desanimado.

— Gosto muito de você, minha cara, mas não me peça o impossível. Por que você não canta...

Cortei-lhe a palavra.

— Não, é essa a canção que eu quero, não outra!

— Mas Annette acabou de lançá-la, há apenas oito dias, e quer a exclusividade por um certo tempo. É normal...

— Eu preciso dessa. Aliás, eu já sei toda ela.

— Sabe?

— Talvez me faltem dois ou três pedacinhos da letra, mas eu me arranjo.

Decruck meneou a cabeça.

---

[1]. Essa é uma bela história e liga a jovem Piaf à tradição oral dos cantores de rua da época, quando as músicas eram quase sempre aprendidas de boca a ouvido. Mas Annette Lajon, em suas memórias, dá uma versão bem menos romântica: "Eu estava ensaiando 'L'étranger' quando uma moça franzina pediu que eu cantasse várias vezes a canção. Precisei ir à outra sala e, quando voltei, partitura e mocinha tinham desaparecido... Naquela mesma noite, a Môme Piaf estreava 'L'étranger' em seu programa, no estabelecimento de Louis Leplée. Mas, como a exclusividade era minha, ela foi obrigada a retirá-la do repertório. Mais tarde, Édith Piaf pediu-me desculpas por ter roubado minha canção...".

— Faça como bem entender. Eu não lhe dei nada, não sei de nada, não estou a par de coisa alguma...
O editor era correto, mas durante oito dias tive ódio dele.

À noite, ao chegar ao Gerny's, declarei triunfalmente a Leplée que eu tinha uma canção "sensacional".
Ele disse apenas:
— Deixe eu ver!
Confessei, meio sem jeito, que não tinha a autorização do editor, nem mesmo uma cópia da canção, que eu continuava a chamar de minha.
— Mas — acrescentei — eu sei como ela é e vou cantá-la esta noite!
Ele lembrou que, sem a partitura, ninguém poderia me acompanhar.
— Não se preocupe, papai! — repliquei. — A gente dá um jeito.
Eu sabia que podia contar com o pianista do Gerny's — Jean Uremer, se não me falha a memória. Bastou que eu cantarolasse três ou quatro vezes a melodia para que ele improvisasse um acompanhamento apropriado.
E naquela noite eu cantei "L'étranger".
Não me enganara quanto à qualidade da obra, nem do que podia tirar de uma canção que, embora não tivesse sido feita para mim, convinha perfeitamente à minha personalidade. Foi um grande sucesso... e "L'étranger" fez parte do meu repertório por muito tempo.
Annette Lajon veio me ouvir alguns dias depois. Felizmente eu não sabia que ela estava presente. Só me disseram quando terminei o repertório e, muito sem graça, fui cumprimentá-la. Recebeu-me com uma frieza que, reconheço, era compreensível.
— A senhora deve estar com raiva de mim — disse-lhe.

Ela sorriu:

— Nem um pouco! "L'étranger" é uma canção tão bonita que, se eu estivesse no seu lugar, talvez tivesse feito o mesmo. Estou certa de que Annette Lajon não achava nada daquilo. Gentil por natureza, ela quis ser indulgente[2].

E eu fiquei sinceramente feliz quando, pouco tempo depois, ela recebeu o Grande Prêmio do Disco por "L'étranger".

Foi Leplée, é claro, quem organizou minha primeira grande apresentação: no circo Medrano, em 17 de fevereiro de 1936, data que não esqueço.

O espetáculo, brilhante, foi em benefício da viúva do grande palhaço Antonet, falecido meses antes. Paul Colin tinha ilustrado a capa do programa, que se abria com uma introdução de Marcel Achard e — fossem do teatro, do cinema, do circo ou do esporte — todas as estrelas da época iam apresentar-se. Eu estava muito orgulhosa por ter sido incluída e por ver meu nome entre os de Charles Pélissier e Harry Pilcer (era por ordem alfabética), com caracteres de tamanho idêntico aos de meus "colegas" Maurice Chevalier, Mistinguett, Préjean, Fernandel e Marie Dubas. Leplée me acompanhara e formávamos uma dupla curiosa: ele muito alto e muito elegante num fraque impecável, e eu muito baixinha e do tipo "Belleville-Ménilmontant", com meu pulôver e minha saia de malha. Cantei ao final da primeira parte. Emocionada — era meu primeiro contato com o público das "grandes estréias" —, mas decidida a dar o melhor de mim para me mostrar à altura da honra que recebera ao ser aceita no programa. A experiência foi, para mim, a melhor possível.

---

2. Segundo a maioria dos depoimentos da época, a cena terminou com uma bofetada espetacular, só amenizada pelo comentário glacial e amargo: "Você está com sorte, cantou bem"... Seja como for, a Môme Piaf teve de retirar a canção de seu repertório por algum tempo.

Leplée me beijou quando saí de cena.

— Você é bem pequena — disse ele —, mas as grandes molduras vão combinar com você.

Bem aconselhada e trabalhando duro, eu fazia progressos que os outros também notavam. Começava a ficar conhecida na profissão. Gravara na Polydor meu primeiro disco, *L'étranger*, e, no compacto da canção, minha foto — aliás, nada bonita — figurava ao lado das de Annette Lajon e de Damia. Os diretores de *music hall* ainda me ignoravam, mas eu começara na rádio e, depois do primeiro programa, assinara um contrato de dez semanas com a Radio-Cité. Enfim, Jacques Bourgeat, meu querido "Jacquot" — de quem falarei mais adiante —, presenteou-me com a primeira canção que foi escrita especialmente para mim, "Chand d'habits", um belo poema musicado pelo compositor Ackermans. Sentia que estava no caminho do sucesso, amigos fiéis me ajudavam, eu era feliz.

— E isso é apenas o começo — disse-me um dia Leplée. — Daqui a três semanas nós vamos a Cannes: você vai cantar no baile beneficente dos Petits Lits Blancs...

III

> *Il a roulé sous la banquette*
> *Avec un p'tit trou dans la tête,*
> *Browning, Browning...*
> *Oh! ça n'a pas claqué bien fort,*
> *Mais tout de même il en est mort,*
> *Browning, Browning...*
> *On appuie là et qu'est-ce qui sort*
> *Par le p'tit trou? Madame la Mort,*
> *Browning, Browning...**
>
> "BROWNING"
> R. Asso e J. Villard, 1937

Todo contente por me levar a Cannes para me mostrar a Côte d'Azur, que eu não conhecia, Leplée fazia muitos projetos. E o drama já nos rondava.

Teria o pressentimento de que seus dias estavam contados? Acho que sim.

— Menina — disse-me certo dia —, tive um sonho horrível esta noite. Vi minha mãe e ela me disse: "Sabe, Louis, está chegando a hora. Prepare-se, porque eu virei logo buscá-lo".

E, quando respondi que não se deve acreditar em sonhos, acrescentou:

---

* "Ele caiu debaixo da cadeira/ Com um pequeno furo na cabeça,/ Browning, Browning.../ Ó! Não fez muito barulho,/ Mas mesmo assim ele morreu,/ Browning, Browning.../ A gente aperta aqui e o que é que sai/ Pelo buraquinho? A Senhora Dona Morte,/ Browning, Browning..." (N. de T.)

— Talvez. Mas não foi um sonho como os outros... Foi minha mãe que eu vi, entende? Ela está me esperando. Tenho a impressão de que vou morrer. E o que me aborrece é que você ainda precisa de mim. Vai ter gente que vai atacá-la, e não vou estar aqui para revidar...

Disse-lhe que não queria ouvir aquela conversa, que Cannes o faria apagar essa impressão, e tornamos a falar do baile dos Petits Lits Blancs. Tirei aquilo da cabeça.

Oito dias depois, em 6 de abril, quase à uma da madrugada, dei um beijo em papai Leplée antes de sair do Gerny's. Ele me lembrou de que eu precisava estar em forma no dia seguinte para cantar no *Music Hall des Jeunes*, um programa público da Radio-Cité apresentado na imensa sala Pleyel, e que eu devia ir à casa dele às dez da manhã para darmos uma volta pelo Bois de Boulogne.

— Portanto — concluiu —, não se deite muito tarde!

Respondi com toda a hipocrisia que ia direto para casa e fui, sem remorsos, encontrar amigos em Montmartre, que me esperavam para festejar a partida de um deles para o regimento. Nosso grupo passou uma noite alegre pelas boates de Pigalle e já eram mais de oito da manhã quando pensei em ir para a cama. Sentindo necessidade de algumas horas de sono, decidi telefonar a Leplée para cancelar nosso encontro.

Liguei.

— Alô! Papai?

— É.

— Desculpe ligar tão cedo. Mas passei a noite em claro, depois eu explico, e estou exausta. Não fica aborrecido se nosso encontro das dez...

Não pude dizer mais nada. Uma voz enérgica me interrompeu:

— Venha já!... Imediatamente!

— Estou indo.

Nem me passou pela cabeça que não fosse Leplée quem me atendeu. Só achei estranho o modo como me tratou. Estava zangado. Eu não dormiria, cantaria mal na sala Pleyel, mas, já que ele queria que eu fosse logo, o jeito era fazer sua vontade. Tomei um táxi e fui para a casa dele, na avenida da Grande-Armée.

Diante do prédio, havia um ajuntamento de pessoas que eram contidas por uma porção de guardas. Era estranho, e comecei a ficar preocupada. Mas, afinal, Leplée não era o único morador do prédio. Eu me apresentei ao inspetor que guardava a porta. Deixou-me passar e entrei no elevador, com um policial atrás de mim.

— A senhora é a Môme Piaf? — perguntou-me quando o elevador começou a subir.

— Sou.

Pensando que se tratasse de um jornalista em busca de entrevista, esperei por outras perguntas. Não vieram. O fulano só me olhava, como para me reconhecer em nosso próximo encontro, e chegamos à porta de Leplée sem que ele dissesse mais nada. A porta do apartamento estava aberta. Na entrada, desconhecidos falavam em voz baixa. Laure Jarny, a recepcionista do Gerny's, estava arrasada, chorando, numa poltrona. Foi ela quem me deu a terrível notícia:

— Um horror! Louis foi assassinado!

Como, sem cair no dramalhão, dizer o que senti? Como expressar a sensação de vazio total, e também de irrealidade, que deixa você inerte e insensível, fora do mundo externo que parece desaparecer num segundo? Pessoas iam e vinham em torno de mim, pessoas que falavam e a quem eu não respondia. Era como se não as visse; escutava suas palavras, mas não entendia o que diziam. Parecia uma morta viva.

Sem falar, como me contaram mais tarde, o olhar fixo de uma alucinada e o andar rígido do sonâmbulo, fui ao quarto de Leplée. Estava deitado na cama. A bala de revólver que o matou, embora tivesse entrado pelo olho, não lhe desfigurara o belo rosto.

Caí soluçando na cama.

Os dias seguintes foram horríveis.

Eu queria ficar fechada em casa, não falar com ninguém e chorar sem constrangimento. Ficar sozinha com a minha tristeza. Mas havia o inquérito. Leplée morrera em circunstâncias misteriosas e, não achando nenhuma pista, o delegado Guillaume decidiu ouvir todos que, por qualquer motivo, tivessem tido contato com o diretor do Gerny's: amigos, funcionários, artistas, clientes, todo mundo... e até o ator Philippe Hériat, que ainda não sabia que se tornaria um dos maiores romancistas de sua geração e o mais fotogênico acadêmico do Goncourt. Quanto a mim, levada à polícia judiciária, passei horas numa saleta sombria, com detetives que me faziam pergunta em cima de pergunta, sempre repetindo que não se tratava de um interrogatório e sim de um depoimento. Pequena diferença, diria René Dorin. Eu não era suspeita de ter matado Leplée, mas não seria cúmplice dos assassinos? No fim da tarde, o próprio delegado Guillaume "se encarregou" de mim. Em menos de uma hora ficou convencido de que eu não sabia de nada e resolveu me mandar de volta para casa. Mesmo assim, me "pediam" que ficasse à disposição do inquérito.

Ao sair na calçada do cais dos Orfèvres, estava exausta. Consegui andar. Meio inconscientemente, fui ao Gerny's. O estabelecimento estava fechado. Mas alguns empregados estavam lá: garçons, *maîtres-d'hôtel*, a florista e alguns artistas. E alguém, que prefiro não nomear, me disse com ironia:

— Seu protetor morreu. Com o talento que você tem, daqui a pouco vai estar cantando na rua de novo...

Começava a "debandada". Horrível, nojenta. Pessoa de bom coração, sensível a qualquer desgraça e muito desprendido com o dinheiro que ganhava com facilidade, Leplée tinha em Paris centenas de pessoas que lhe deviam obrigações. Não apareceram no enterro. Amigos meus também se afastaram. Eu estava envolvida no escândalo, escreviam sobre mim coisas horríveis, seria melhor que me esquecessem. E creio que não esqueço ninguém ao fazer a breve lista dos que me apoiaram naqueles dias dolorosos. Lembro-me de Jacques Bourgeat, do acordeonista Juel, de J.-N. Canetti, da já fiel Marguerite Monnot, de Raymond Asso, que eu acabara de conhecer, e da loira Germaine Gilbert, cantora, minha colega no Gerny's.

Não voltei para depor, mas o inquérito não estava terminado, e o caso, que só foi encerrado meses depois, continuava a fornecer um farto material à imprensa. Os bisbilhoteiros estavam contentes. Quando faltavam informações, e isso era inevitável, os repórteres — no caso especialistas da literatura imaginativa — inventavam: eu já abria os jornais com medo de descobrir mais uma infâmia sobre o amigo que eu perdera ou sobre mim. O que eu estava sofrendo? Ninguém se importava com isso. O importante era dar ao leitor ávido de escândalos sua quota diária. Construíram em torno do drama, portanto, uma trágica novela, cuja heroína era eu, com traços pitorescos, sem dúvida, mas absolutamente antipática. Não era dito com todas as letras, mas ficava subentendido que eu poderia ser cúmplice dos assassinos, ou até a mandante do crime. Não me poupavam. Eu, que um dia desejara ver meu nome nos jornais, agora não tinha do que reclamar!

Se eu tivesse dinheiro, teria fugido para o outro extremo da Terra. Como não tinha e minhas parcas economias logo se esgotaram, precisei retomar meu trabalho como cantora. O Gerny's estava fechado, sem esperança de voltar a funcionar, mas propostas não me faltavam. Contando com a curiosidade do público e sabendo que eu não podia fazer grandes exigências quanto à remuneração, vários diretores de cabaré me procuraram. Era só escolher.

Aceitei cantar no O'dett, na praça Pigalle. Mais uma noite de que nunca vou me esquecer. Um silêncio glacial, desesperador. Nenhuma reação. Nem vaias nem aplausos. Eu cantava, mas ninguém prestava atenção à letra das canções. Acho que, se eu tivesse cantado salmos, nem teriam percebido. Não estavam lá para ouvir uma cantora, e sim para ver "a mulher do caso Leplée". Sentia os olhares fixos em mim e podia imaginar as palavras que eram trocadas entre as taças de champanhe.

— Sabe que ela foi a grande suspeita? Ficou detida durante 48 horas...

— Não há fumaça sem fogo!

— Aliás, não se sabe quem ela é, nem de onde vem. Piaf, isso é nome que se apresente?

Era o mesmo silêncio horroroso todas as noites. Eu tinha a impressão de que aquilo virara moda, que as pessoas iam até o O'dett "para não aplaudir", para dar uma lição à cantorazinha que pretendia continuar na profissão, apesar do escândalo em que estivera envolvida. Um dia, no final da primeira canção, alguém vaiou. Senti as lágrimas aflorarem. Numa mesa, porém, um senhor de uns sessenta anos, alto e distinto, levantou-se e perguntou ao autor da vaia:

— Por que o senhor vaiou?

O outro escarneceu.

— O senhor não lê os jornais?

— Leio, sim. Mas não me sinto no direito de julgar meus contemporâneos. Quando estão em liberdade, presumo que são inocentes... e, se não forem, deixo aos juízes a terrível tarefa de tratá-los de acordo com seus méritos. A artista que o senhor acaba de ouvir pode ser boa ou ser má. Se for má, fique em silêncio! Nunca se vaia num cabaré. Se for boa, aplauda, sem se preocupar com sua vida particular, que não lhe diz respeito.

Dito isso, meu galante e desconhecido defensor se sentou. Houve aplausos em várias mesas. Para ele, primeiro, e depois para mim, quando ele mostrou de modo expressivo que me aplaudia.

O feliz desfecho do incidente me animou, mas não renovei meu contrato quando, dias depois, ele expirou. J.-N. Canetti[1], cuja amizade me foi preciosa naqueles tempos difíceis, tinha organizado para mim uma temporada em cinemas de bairro, onde eu era a atração principal, mas fui recebida de maneiras diversas. Eu agüentava firme e, sempre ajudada por uma parte da platéia — a que, tendo vindo para ouvir música, achava-se satisfeita —, consegui terminar a temporada.

Mas essa luta incessante me esgotava, e fiquei com horror de Paris. O empresário Lombroso conseguiu-me alguns contratos e fui para outras cidades. Tive uma longa estada em Nice, onde eu cantava na Boîte de Vitesses, cabaré que ficava no subsolo do Maxim's e era dirigido por Skarjinski. Eu estava contente, os clientes desconheciam (ou quase) o caso Leplée, do qual os jornais da região quase não haviam falado. Mas minha situação não era das melhores. À noite, após o espetáculo, eu ia comer alguma coisa no Nègre, que ficava na galeria Émile-Négrin, e muitas vezes tive de substituir o bife, caro demais, por um prato de macarrão.

Falta de dinheiro é bem desagradável, mas não tão grave. O pior é não ter vontade de viver. Era o meu caso. Ao perder Leplée,

---
1. Sob essas iniciais enigmáticas — nem em sua autobiografia o autor diz o que significam — esconde-se Jacques Canetti, o maior descobridor de talentos do século XX em matéria de canção francesa.
Ao mesmo tempo diretor de teatro — Les Trois Baudets —, organizador de temporadas, animador de programas de rádio e produtor de discos, ele lançou e ajudou as carreiras de Édith Piaf e Charles Trenet, Boris Vian, Félix Leclerc, Jacques Brel, Georges Brassens, Guy Béart, Les Frères Jacques, Catherine Sauvage, Philippe Clay, Jean-Claude Darnal, Fernand Raynaud, Leny Escudero, Francis Lemarque, Serge Gainsbourg, Michel Legrand, Dario Moreno, Mouloudji, Henri Salvador, Anne Sylvestre, Jeanne Moreau e — o último cronologicamente — Serge Reggiani. Quanto à Môme Piaf, ele organizou, de fim de dezembro de 1935 até janeiro de 1936, suas primeiras sessões de gravação em disco — para a marca Polydor — e, sobretudo, conseguiu um contrato de programa na Radio-Cité por três meses, à freqüência de uma apresentação semanal. Um verdadeiro presente para quem, dois meses antes, ainda cantava na rua.

eu perdera tudo: o guia indispensável para a minha carreira e sobretudo uma afeição que nada conseguia substituir.

Nosso encontro tivera algo de providencial. Ele não se conformava com a morte da mãe, que adorava; não tinha família nem amigos, embora conhecesse todo mundo em Paris. Levava uma vida brilhante, agitada, alegre, mas continuava sozinho. Eu, na época, passava por uma enorme tristeza, por causa da morte da minha Marcelle, um lindo nenê de dois anos, que em 48 horas morreu de meningite. Nossas solidões nos aproximavam. Um de nossos primeiros passeios foi ao cemitério de Thiais, onde estavam enterradas a mãe dele e minha filhinha.

— Foram elas — disse-me Leplée — que fizeram com que nos encontrássemos. Não queriam que continuássemos sozinhos...

De fato, já não estávamos sozinhos. Ambos tínhamos encontrado o afeto que nos faltava...

Com a morte de Leplée, o que me restava? Eu perguntava sem encontrar resposta. O amor? Eu ainda estava sob o golpe de uma decepção que mais levava ao suicídio. A profissão? Já não me interessava. Havia semanas eu não estudava uma canção, não me esforçava, não desejava mais nada. Estava passando por um mau momento e, cansada, sem coragem, sem força, sem vontade, eu me sentia "desabar". Não faltava muito — eu tinha consciência disso — para que, como haviam predito após a morte de Leplée, eu voltasse a cantar na rua...

Terminado meu contrato em Nice, voltei a Paris.

No dia seguinte à minha chegada, telefonei para Raymond Asso.

— Raymond, quer cuidar de mim?

— Ainda pergunta? — respondeu com uma voz que me aqueceu o coração. — Há um ano que espero por você! Pegue um táxi e venha!

Eu estava salva.

IV

J' sais pas son nom, je n' sais rien d' lui
Il m'a aimée toute la nuit,
Mon légionnaire!
Et me laissant à mon destin
Il est parti dans le matin,
Plein de lumière!
Il était minc', il était beau!
Il sentait bon le sable chaud,
Mon légionnaire!
Y avait du soleil sur son front
Qui mettait dans ses cheveux blonds,
De la lumière!*

"MON LÉGIONNAIRE"
R. Asso e M. Monnot, 1937

Fora apresentada a Raymond Asso na casa do editor Milarski, na época em que eu cantava no estabelecimento de Leplée. Um senhor que lá estava sentou-se ao piano para me mostrar uma canção, e eu, com a tremenda franqueza de quem não estava habituada a disfarçar, disse-lhe que a letra me agradava, mas a música não. Eu não desconfiava que era o compositor em pessoa que estava ao piano.

---
* "Não sei como ele se chama, não sei nada sobre ele,/ Ele me amou a noite toda,/ Meu legionário!/ E, deixando-me só,/ Foi embora ao amanhecer,/ Cheio de luz!/ Ele era alto, e tão bonito!/ Tinha o cheiro das areias cálidas,/ Meu legionário!/ Havia um sol em seu rosto/ Que lhe iluminava/ Os cabelos dourados!" (N. de T.)

Ele teve tato suficiente para não revelar que a melodia era dele e sugeriu, com um sorriso maroto:

— Então pode cumprimentar o autor da letra. É aquele ali, sentado no sofá...

Era Raymond Asso. Alto, magro, nervoso, de cabelo bem preto e pele morena, ele me olhava com um ar sério, mas se deleitando interiormente com a cena engraçada. Levantou-se, conversamos um pouco, logo nos entendemos, e tive a impressão de que em breve iria revê-lo.

Não deu outra. Três dias depois, no início da tarde, eu descansava no meu quarto do Hotel Piccadilly, rua Pigalle, quando o telefone tocou. Era um amigo meu, porteiro num grande bar da praça Blanche.

— Está aqui um conhecido meu que a encontrou na casa de um editor. Está muito interessado em falar com você. Vou passar para ele...

Ouvi outra voz, que reconheci imediatamente. Como já tinha adivinhado pela explicação do meu amigo, era mesmo Raymond Asso. Disse que se julgava capaz de escrever letras de música que me interessassem e me convidou para jantar no dia seguinte.

Raymond Asso entrava em minha vida...

Eu tinha regressado a Paris sem ânimo, resignada, vencida, duvidando de tudo e de mim mesma. Raymond Asso dedicou-se primeiro a me devolver a confiança. Tinham me caluniado, difamado, arrastado na lama? E daí? Eu não era a primeira a levar um golpe desses! A gente tem de manter a determinação, retesar os músculos e lutar. Íamos lutar.

E Raymond Asso lutou por mim, com uma força e uma tenacidade que me assombravam. Ele sustentava, com razão, que uma cantora não pode fazer carreira no cabaré e que só no *music hall*, diante do público e em contato direto com a platéia, ela pode dar o máximo de seu talento, perceber seus erros e defeitos e, assim, progredir. Eu cantava no cabaré, também era ouvida na rádio – onde contava com J.-N. Canetti, diretor artístico da Radio-Cité, meu poderoso aliado –, mas definitivamente precisava "conquistar" o A.B.C. Mitty Goldin, que mais tarde se tornaria um ótimo amigo, não queria ouvir falar de mim. Ele era teimoso: não estava interessado em mim e não queria me contratar em nenhuma hipótese. Asso venceu-o pelo cansaço. Ia todos os dias ao escritório do diretor do *music hall* do bulevar Poissonnière. Goldin o despachava. Asso voltava no dia seguinte. E Goldin acabou capitulando. Para não ver mais meu campeão em sua sala de espera, assinou meu primeiro contrato no *music hall*. Será falta de modéstia da minha parte dizer que ele não se arrependeu?

A imprensa voltou a falar de mim. Dessa vez, falou bem. E vou transcrever aqui as palavras que me dedicou, no *Intransigeant*, o saudoso – e já muito esquecido – Maurice Verne:

> A Môme Piaf é o anjo triste e fogoso do baile popular. Tudo nela vem dos arrabaldes, exceto os trajes gênero Claudine 1900. Ó, Colette! Eis aí, milagrosamente ressuscitado, o cabelo à moda pajem de Claudine, a gola de seda sobre a gravata larga, o vestido preto parecendo uniforme de colegial. A Môme Piaf tem talento: sua voz sobe, metálica, num pátio de prédio imaginário onde trabalha a cantora das ruas. A Môme Piaf – que isso dure, Senhor! – ainda não escreve as letras de suas músicas, mas precisa de canções que se pareçam com ela, um realismo local que ronde pelos lados da Villette; crepita com a fuligem das chaminés das fábricas e murmura refrãos surrupiados do rádio do botequim.

Essas músicas que tinham tudo a ver comigo, foi Raymond Asso quem escreveu. São diretas, sinceras, sem literatice, "acolhedoras como um aperto de mão", na feliz expressão de Pierre Hiégel, e trouxeram um novo estilo à canção chamada (erroneamente) "realista". Asso prefere "verismo" a "realismo". A palavra pouco importa.

O certo é que Raymond Asso marcou "um momento da canção francesa", lançou-a em novos caminhos e exerceu profunda influência sobre seus seguidores imediatos, Henri Contet e Michel Emer, para citar apenas dois. Explica Asso na apresentação de sua coletânea *Chansons sans musique*:

> Eu me impus uma disciplina:
> 1º Nunca escrever se eu não tiver nada a dizer;
> 2º Se escrever, tentar dizer só coisas humanas, verdadeiras e com a máxima pureza possível;
> 3º Escrever do modo mais simples, para ser acessível a todos.

Releiam suas músicas! "Paris-Méditerranée" ["Paris-Mediterrâneo"], "Elle fréquentait la rue Pigalle" ["Ela freqüentava a rua Pigalle"], "Je n'en connais pas la fin" ["Não sei como acaba"], "Le Grand Voyage du pauvre nègre" ["A Grande Viagem do pobre negro"], "Un jeune homme chantait" ["Um rapaz cantava"] e as outras, todas as outras. Elas respeitam essas três regras essenciais.

Por isso é que são – e serão para sempre – obras-primas.

E também, e principalmente, porque Raymond Asso é um grande poeta.

Foi de uma história que contei a Raymond Asso que veio a inspiração para uma de suas mais belas canções, "Mon légionnaire".

Mais que uma história, uma recordação.

Eu estava com 17 anos. Ávida de liberdade, havia meses deixara de morar com meu pai, com quem eu tinha trabalhado nas ruas durante toda a infância, e depois de várias experiências, todas elas desastradas, eu me tornei – imaginem! – diretora de uma trupe ambulante. Claro que os componentes eram poucos. Éramos três, quase todos da mesma idade: Camille Ribon, acrobata de circo, imbatível quando equilibrava o corpo sobre os polegares firmados na beirada de uma mesa; sua "mulher" Nénette, que fazia as vezes de sua assistente; e eu, que cantava sob o nome artístico de Miss Édith. Por que "Miss"? Simplesmente porque eu achava que "soava bem". No terreno das "variedades", predomina o que é internacional.

Nossas apresentações eram nos quartéis. Uma idéia de meu pai, que eu aproveitara. O mais difícil era encontrar o general para conseguir autorização para apresentar aos soldados "um espetáculo recreativo". Raramente ele recusava. Aí, era a vez de procurar o coronel para marcar data e local. Quase sempre vinha a resposta: "Amanhã, no refeitório, depois da sopa".

Certo dia, trabalhávamos no quartel dos Lilas, onde ficavam os rapazes da Coloniale. Eu estava na caixa, quer dizer, na porta do refeitório, recebendo as entradas – vinte tostões por pessoa –, e a latinha que eu segurava estava se enchendo de moedinhas quando chegou um loiro bonitão dizendo que não tinha dinheiro, mas que, se eu topasse, podia pagar com um beijo.

Fiz cara de ofendida e olhei para ele. Não muito alto, mas forte, a boina caída na nuca, uniforme desleixado, cigarro pendurado nos lábios, um lindo rosto e magníficos olhos azuis.

– E então? – perguntou.

Disse que ele podia passar.

– Quanto ao beijo – acrescentei –, a gente vê isso mais tarde, se o senhor tiver se comportado direito.

E cantei para ele, só para ele...

No fim do espetáculo, ele pareceu me ignorar. E eu fui embora com toda a dignidade e altivez...

Ele me alcançou no pátio do quartel. Deu-me um beijo ao luar, pegou minha mão e começou a falar, falar, falar... Ainda estávamos juntos quando soou o toque de recolher.

Ao se despedir, disse:

– Meu nome é Albert C., segunda companhia, venha me ver amanhã às sete horas!

Voltei para casa a pé, cantando pelo caminho. Encantada com aquele novo amor, esqueci minha miséria. Já me sentia às portas da felicidade e tecia sonhos.

Na noite seguinte, às sete horas, lá estava eu no quartel. Na guarita, avisaram que Albert estava preso.

— Que foi que ele fez?

— Brigou ontem à noite, no dormitório. Mas não se preocupe com ele! Está acostumado com o xadrez! Briguento como é, quase nunca sai de lá...

Eu estava desconsolada.

— Não dá jeito de eu falar com ele um minuto?

Meu ar era tão triste que o sargento, ao reconhecer a pequena cantora da véspera, ficou com pena.

— Só porque é você, eu vou buscá-lo...

Minutos depois, chegava ele entre dois soldados armados. Eu o achei ainda mais bonito por estar infeliz. Mas ele nem olhou para mim. Foi direto ao suboficial que comandava o posto.

— Sargento, sabe quanto tempo ainda tenho de ficar?

— Vamos saber amanhã, depois do relatório. Com seus antecedentes, vai ficar umas três semanas, no mínimo.

Ele fez "ah!" e só então, voltando a cabeça, dignou-se a olhar para mim.

— Ué, você está aí? Achei que não viria. O que quer?

Eu esperava ser recebida de outro modo. Ele percebeu pela minha cara de espanto, porque de repente seu olhar ficou mais meigo, enquanto pousava a mão em meu ombro. Disse palavras amáveis, as palavras que eu queria ouvir, e fui embora consolada.

Quando a punição terminou, tornei a vê-lo. Ele pulava o muro para se encontrar comigo e começou a fazer planos para nosso futuro!

Vi-me forçada um dia a confessar que não tinha a intenção de viver com ele. Ficou muito aborrecido, como eu temia.

— Você tem até amanhã para pensar — disse ele ao se despedir. Ele pedia o impossível. Tentei explicar-lhe no dia seguinte. Ele me ouviu sem dizer nada, tomou minha cabeça entre as mãos, fixou bem firme meus olhos, inclinou o rosto para mim e, num gesto brusco, afastou-se e foi embora. Nunca mais o vi. Ele me deixou arrasada, lamentando a felicidade tão depressa perdida.
Três meses depois, seus amigos me disseram que ele havia morrido nas colônias.
Foi desse romance banal que Raymond Asso tirou "Mon légionnaire"[1].
A história acaba aí, mas teve uma continuação.
Isso foi muitos anos depois. Eu já não era "Miss Édith", era Piaf e cantava no Folies-Belleville, uma sala popular, sem conforto, mas

---

[1]. Há muitas incongruências nessa história, que, aliás, Édith Piaf conta de modo bem diferente em *Ma vie*. Ela situa o fato na época de sua ligação com Luisinho, o pai de sua filha Marcelle: "Para viver com esse homem, certa manhã eu deixei Luisinho, sem olhar para trás, levando minha filha nos braços...". Pode ser... mas como ir morar com alguém que supostamente vive num quartel, num regime dos mais estritos? Outro ponto: em *Ma vie*, Piaf atribui o fim dessa ligação aos ciúmes de Luisinho, que, ao encontrá-la e a fim de pressioná-la, tirou-lhe a filha: "Percebi que, se eu fosse viver com meu legionário, nunca mais reveria minha filha. Passei uma última noite com meu amor e voltei para Luisinho. Por minha filha". Neste livro, além de não fazer referência à vida em comum com o militar, ela conta como começou a se afastar quando ele falou de planos para o futuro. "Vi-me forçada um dia a confessar que não tinha a intenção de viver com ele. Ficou muito aborrecido, como eu temia." Duas versões diferentes para uma história que talvez contenha uma parte de verdade, mas que não foi a inspiração para Raymond Asso escrever "Mon légionnaire". Enfim, para aumentar ainda mais a confusão, Piaf começa a narrar o episódio da seguinte forma: "Certo dia, trabalhávamos no quartel dos Lilas, onde ficavam os rapazes da Coloniale". O que não tem nada a ver com a Legião Estrangeira, pois a Coloniale era o apelido das tropas de infantaria da Marinha. Na melhor das hipóteses, é cabível pensar que Raymond Asso aproveitou as lembranças de Édith Piaf para escrever "Mon amant de la Coloniale" ["Meu amante da Coloniale"]. As duas canções são da mesma época (abril-maio de 1936) e contam praticamente a mesma história. Mas como "Mon légionnaire" fez muito mais sucesso que a outra, Édith Piaf resolveu atribuir o episódio pessoal à mais famosa das duas, talvez para compensar o fato de "Mon légionnaire" ter sido escrita e criada para e por Marie Dubas.

simpática, que alguns de nós lastimam que tenha se tornado um cinema "moderno" e banal, como tantos outros. Maurice Chevalier com certeza também pensa assim. Era lá que, ainda garoto, ele vinha com a mãe aplaudir, da geral, Mayol, Georgel ou Polin.

Eu estava saindo do teatro com alguns amigos. Na porta, um homem de boné chegou perto de mim. Alguém do bairro, ao que parecia. Ainda jovem, vestido razoavelmente, mas já mudando a voz e com as feições alteradas. Cumprimentou-me com a cabeça, sem tirar o boné, e disse:

– Oi!

Surpresa, respondi com um "Boa noite, senhor!", bem pronunciado. Ele deu risada.

– Senhor?... Não está me reconhecendo? Bébert, da Coloniale...

Era o meu legionário! Não tinha morrido, mas estava bem diferente do Albert que eu conhecera e, mais ainda, da imagem idealizada que guardava dele. Atordoada, balbuciei qualquer coisa. Ele continuou:

– Você progrediu, hem? Agora é conhecida... No fundo, teve muita sorte...

Eu não sabia o que dizer. Felizmente ele percebeu que meus amigos, que por discrição tinham se distanciado alguns passos, me esperavam.

– Pode ir com seus amigos – continuou ele. – Gostei de rever você.

Afastei-me.

Um pouco tristonha, mas contente por achar que ele não tinha se reconhecido no legionário da canção.

Aquele tinha morrido.

Aquele que eu amava.

*

Foi para mim que Raymond Asso e Marguerite Monnot, a quem eu o apresentara, compuseram "Mon légionnaire", mas não coube a mim a criação da canção.

Talvez valha a pena contar a história, nem que seja só para mostrar que uma má ação é sempre punida. Eu roubara "L'étranger" de Annette Lajon. Roubaram a minha "Mon légionnaire". Nada mais justo.

Certa vez, quando eu almoçava na casa de amigos, falaram de Marie Dubas.

– Ontem eu a ouvi cantar no Bobino – disse alguém. – Ela tem uma canção sensacional.

– Que se chama?

– "Mon légionnaire".

Dei um pulo na cadeira.

– "Mon légionnaire"? Mas essa música é minha! Há três semanas que a estou preparando. Isso não vai ficar assim!

Engoli o café e fui correndo procurar Asso.

– O que é isso? Você deu "Mon légionnaire" para Marie Dubas?

Ele protestou.

– De jeito nenhum! Mas, como a música pareceu não entusiasmar muito você, talvez Decruck tenha mostrado a ela...

Maurice Decruck tinha comprado os direitos de "Mon légionnaire" para editar a música. Corri ao escritório dele, decidida a dizer tudo que estava pensando. Interrompeu-me logo:

– Nunca mostrei "Mon légionnaire" a Marie Dubas. Deve ter sido Marguerite Monnot...

Corri à casa de Marguerite. Indignada, ela afirmou sua inocência.

– Não fui eu, foi Asso!

O círculo se fechava, e não cheguei a saber como Marie Dubas se apossou de minha música². Minha "vingança" foi roubar dela, pouco depois, "Le fanion de la Légion" ["O estandarte da Legião"]³, composta pelos mesmos autores Raymond Asso e Marguerite Monnot:

> *Ah! là-là-là, la belle histoire,*
> *Y a trente gars dans le bastion,*
> *Torse nu, rêvant de bagarres,*
> *Ils ont du vin dans leurs bidons,*
> *Des vivres et des munitions.*
> *Ah! là-là-là, la belle histoire,*
> *Là-haut, sur les murs du bastion,*
> *Dans le soleil plane la Gloire*
> *Et dans le vent claque un fanion,*
> *C'est le fanion de la Légion!**

---

2. Na época em que entra na vida de Édith Piaf como letrista principal, pigmalião, diretor de carreira e amante, Raymond Asso ainda não tem nenhum grande sucesso, nem consegue viver de direitos autorais. Depois de também ter sido legionário e exercido as mais variadas profissões – de pastor de ovelhas a diretor de fábrica –, era, na ocasião, secretário particular de Marie Dubas, fato que Édith Piaf não podia desconhecer. Além disso, Marie Dubas vivia então um grande romance com o tenente Georges Bellair, que servia no Marrocos, do qual teve um filho e com quem se casou, afinal, em 1940. Isso explica a presença de títulos como "Mon légionnaire" ou "Le fanion de la Légion" num repertório que não costumava incluir o então florescente estilo militar-colonialista.
3. Trata-se de uma inverdade completa. De fato, Marie Dubas gravou "Le fanion de la Légion" em 27 de maio de 1936, ao passo que Piaf só a gravou pela primeira vez em 28 de janeiro de 1937.
* "Ah! lá-lá-lá, a bela história,/ Há trinta rapazes no bastião,/ Sem camisa, sonhando com uma boa briga,/ Têm vinho em seus cantis,/ Suprimento e munições./ Ah! lá-lá-lá, a bela história,/ Lá no alto, na muralha do bastião,/ Ao sol paira a Glória/ E ao vento esvoaça uma bandeira,/ É o estandarte da Legião!" (N. de T.)

Um dia, Marie Dubas censurou-me por essa... indelicadeza. Lembrei-lhe que estávamos quites. E nos tornamos grandes amigas.

Já disse várias vezes, mas é uma grande alegria dizer por escrito, que devo muito a Marie Dubas. Ela foi meu modelo, o exemplo que eu quis seguir, e quem me mostrou o que é ser "uma artista da canção".
Na época, eu ainda cantava no Gerny's. Estava lá havia mais de um ano[4] e, mimada por Leplée, muito elogiada e adulada pelos freqüentadores da casa, que eram todos meus amigos, a imagem que eu tinha de mim era boa. Fato desculpável, pois a aventura que estava vivendo era incomum, mas eu era mesmo insuportável. Se Mitty Goldin, mais tarde, não quis me contratar no A.B.C., foi porque se lembrava de nossa primeira entrevista. Ele marcara para as quatro da tarde. Cheguei com 45 minutos de atraso e, bancando precocemente a estrela, ditei minhas condições, exigi um cachê fabuloso, lugar de destaque no cartaz, rodada mínima de doze canções etc. E, de profissão, eu não tinha nem 18 meses!
Eu era essa jovem cheia de si quando Raymond Asso me levou uma noite ao A.B.C. Ele tinha um propósito, que entendi depois.
Marie Dubas era a estrela da noite. Entrou fulgurante em cena, leve, sorridente, adorável em seu vestido branco e, imediatamente, percebi que estava ali uma grande artista. A versatilidade de seu talento me espantou. Com desconcertante facilidade, ela passava do cômico para o dramático, do trágico para o bufão.

---

4. Descoberta por Louis Leplée no início de outubro de 1935, a Môme Piaf cantou no Gerny's até o assassinato de Leplée, em 6 de abril de 1936. Ou seja, durante sete meses e não "mais de um ano", como é dito aqui.

Com emoção comovente em "Prière de la Charlotte" ["Oração de Charlotte"], era irresistivelmente cômica em "Pedro". Desde o início, ela cativava o público e não o largava mais, conduzindo-o pelos caminhos que escolhera e que o espectador seguia feliz. E, pouco a pouco, embora ignorasse o que era o estudo de um texto, o estilo correto de uma canção, eu compreendi que, naquela apresentação deslumbrante, nada era deixado ao acaso ou à improvisação. Nem os movimentos da fisionomia, nem os gestos, nem as atitudes, nem as inflexões. A mulher quer ser bela para o homem a quem ama. Marie queria ser perfeita para seu público.

Quando ela terminou, eu tinha os olhos marejados de lágrimas e nem pensei em aplaudir.

Imóvel, muda, esmagada por tudo o que acabava de descobrir em meia hora, foi como num sonho que ouvi Asso me perguntar:

— Você entende agora o que é uma artista?

Durante 14 dias, assisti a todos os espetáculos de Marie Dubas, de tarde e à noite. Foi lá que aprendi minhas melhores lições.

Hoje, minha admiração por Marie continua a mesma. Ela é e sempre será "a grande Marie".

Há alguns anos, eu a encontrei em Metz, onde cantávamos em estabelecimentos diferentes. Durante a conversa, ela percebeu que eu a tratava de "senhora". Perguntou-me:

— Por que não me trata de "você", Édith?

— Não, sra. Marie, eu admiro demais a senhora. Eu ficaria com a impressão de estar estragando alguma coisa...

V

Papa, c'était un lapin
Qui s'app'lait J.-B. Chopin
Et qu'avait son domicile
À Belleville...*

Bruant

Há alguns anos, voltando de carro para Paris, parei para almoçar em Brive-la-Gaillarde. O dono do restaurante, um sexagenário bonitão e de fala truculenta, recebeu-me como se fosse amiga de longa data. Como não conseguisse reconhecê-lo, explicou-me que fora *maître-d'hôtel* no Liberty's, o famoso cabaré da praça Blanche, onde me vira "logo depois da guerra". Não da última, mas da guerra de 1914.

Fiz uma conta rápida: nessa época, eu tinha cinco ou seis anos. Aquele senhor devia estar me confundindo com a Môme Moineau, atual sra. Benitez-Reixach.

Se falo desse fato, é porque acho desagradável ser confundida com uma anciã, quando ainda estou numa idade bem razoável.

Nasci em 19 de dezembro de 1915, às cinco horas da manhã, em Paris, no nº 72 da rua de Belleville. Ou, mais precisamente, diante do nº 72[1]. Sentindo as dores do parto iminente, minha mãe

---

* "Papai era um coelho/ Chamado J.-B. Chopin/ E que morava/ Em Belleville..." (N. de T.)
1. Cf. a esse respeito a apresentação deste livro.

tinha descido até a entrada para esperar a ambulância que meu pai fora buscar. Quando o veículo chegou, porém, eu já entrara neste mundo. Posso dizer que nasci na rua, o que é excepcional, e ainda acrescentar que a parteira foi substituída por... dois guardas. Dois guardas que faziam a ronda e que, ouvindo os gemidos de minha mãe, tiveram de dar conta do recado.

Recebi dois nomes: Giovanna, que nunca me agradou, e Édith, porque os jornais daqueles dias fizeram muitos comentários sobre a morte da heróica miss Edith Cavell, enfermeira inglesa que os alemães fuzilaram na Bélgica.

Conhecida como Line Marsa, minha mãe — cujo sobrenome verdadeiro era Maillard — nascera numa família de artistas de circo. Seus pais faziam modestas turnês pela Argélia. Vindo a Paris para se tornar "artista", ela cantava nos bares o repertório "realista" e as canções que faziam um fundo para o pessoal que bebia. Sempre achei que o Destino me fez seguir a carreira com que ela sonhou e não realizou, nem tanto porque lhe faltasse talento, mas porque a sorte não ajudou.

Meu pai, Louis Gassion, era acrobata. Exímio nos exercícios corporais, muitíssimo ágil e flexível, trabalhava ora no circo, ora na rua. De temperamento boêmio, ele preferia o "palc"[2]. Qualquer tipo de disciplina o exasperava, mesmo quando isso não o atrapalhava. Amava a vida sob todos os aspectos e achava que ela só pode ser saboreada plenamente na independência. Sentia-se dono de si, livre para ir a qualquer lugar segundo sua vontade, sem receber ordens de ninguém. Estendia seu velho tapete na calçada, num bar ou num refeitório de quartel e lá, na hora e no lugar que escolhera, fazia seu "número". Sentia-se livre, era feliz e, como não era nada bobo, levava uma vidinha razoável.

Como minha mãe o deixou logo depois do meu nascimento, ele me entregou sucessivamente às minhas duas avós, que mora-

---

2. Trabalho ao ar livre. (N. ed. original de 1958.)

vam fora de Paris, e só quando cheguei aos sete anos fui viver de novo com ele, seguindo sua vida errante[3].

Ele acabara de assinar um contrato com o circo Caroli, que então se apresentava na Bélgica. Fui com ele. Eu vivia na caravana, fazia a limpeza, lavava a louça; minha jornada começava cedo e era pesada, mas a vida itinerante, com horizontes sempre renovados, me agradava; era com prazer que eu descobria o mundo encantado da "gente que circula", com suas músicas barulhentas, a roupa brilhante dos palhaços e a túnica com dragonas douradas do domador.

Naturalmente, aconteceu o que tinha de acontecer. Meu pai brigou com Caroli, retomou sua querida liberdade, e voltamos para a França. Continuamos viajando, o hotel substituiu o carro da caravana e meu pai era seu próprio patrão. E meu também, é claro. Ele estendia o tapete no chão, fazia sua arenga, executava um número de contorcionismo que, com pequenos retoques, conviria bem à pista do Medrano, e depois me apontava com o dedo, anunciando:

— Agora, a menina vai passar para fazer a coleta. A seguir, em agradecimento, ela dará o salto mortal!

Eu recolhia o dinheiro, mas nunca dei salto mortal.

Um dia, em Forges-les-Eaux, um espectador resmungão protestou, e logo foi seguido por outros presentes que se arrependiam de ter dado uns tostões, já que os "saltimbancos" não cumpriam suas promessas. Papai, que tinha resposta para tudo, explicou que eu estava saindo de uma gripe e ainda estava muito fraca.

— Vão querer que essa menina quebre o pescoço só para agradá-los? Mas já que eu, pela força do hábito, me enganei ao anun-

---

3. Há vários enganos nessas poucas linhas... A mãe de Édith não deixou o marido logo após o parto: foi ele quem voltou para a guerra quando acabou a licença de alguns dias que obtivera na ocasião. O pai de Édith não entregou a filha "sucessivamente" às duas avós (cf. Apresentação) e ambas não viviam fora de Paris. Aïcha, a avó materna de origem cabila, morava no *19ᵉ arrondissement* de Paris.

ciar um exercício que ela faz com facilidade, mas que hoje não pode apresentar, ela fará outra coisa: vai cantar.

Eu nunca tinha cantado e não sabia nenhuma música. Só conhecia a Marselhesa. E, assim mesmo, apenas o refrão.

Então, enchendo-me de coragem, numa vozinha fraca e esganiçada, cantei a Marselhesa.

Os pobres coitados, sensibilizados, aplaudiram.

E, a uma piscadela discreta de meu pai, tornei a passar o pires. Ganhamos o dobro!

Meu pai sabia tirar lição do imprevisto. Ainda não tínhamos enrolado o tapete, e ele já resolvera que eu passaria a cantar no fim do programa.

E nessa mesma noite comecei a aprender "Nuits de Chine" ["Noites chinesas"], "Voici mon cœur" ["Aqui está meu coração"] e outras cantigas que formaram meu primeiro repertório.

Gassion não era um pai carinhoso. Recebi muitos tabefes. Mas nem por isso morri.

Durante muito tempo, julguei que não gostasse de mim. Estava enganada. Deu-me uma primeira prova disso em Lens, quando eu tinha oito ou nove anos. Esperávamos o bonde. Sentada numa mala, eu olhava extasiada para a vitrine de uma loja de brinquedos. Havia uma boneca loira e rosada, de vestido azul, "uma boneca de rico", que me estendia as mãozinhas de papelão. Eu nunca tinha visto uma coisa tão bonita!

Papai fumava na beira da calçada.

— Que você está olhando? — perguntou-me de longe.

— Uma boneca.

— Quanto custa?

— Cinco francos e cinquenta.

Ele enfiou a mão no bolso da calça e contou o dinheiro que tinha: ao todo, seis francos. O diálogo parou aí. Tínhamos de jantar, pagar o hotel, não tínhamos feito nenhuma apresentação...

e a receita nem sempre é o que se espera. O bonde chegou. Dei uma última olhada para a boneca, certa de que não a veria nunca mais.
Meu pai foi comprá-la no dia seguinte, antes de tomar o trem.
Nesse dia, compreendi que ele me amava.
À sua maneira.

Ele só me beijou duas vezes. A primeira foi no Havre. Eu tinha nove anos e apresentava um número num pequeno cinema. Muito resfriada, rouca, com febre, passara o dia todo de cama, e meu pai já tinha avisado que eu não podia comparecer, mas, à noitinha, eu disse que, doente ou não, eu cantaria. Ele achou que era loucura, que não queria me ver morta; discutimos muito, mas acabei vencendo. Eu tinha um argumento de peso: o cachê. Quando se tem necessidade, por menor que seja o cachê, vale o esforço. Cantei e, ao sair de cena, papai me beijou o rosto; fiquei surpresa e encantada. Ele nunca se orgulhara tanto da filha.

A segunda vez foi anos mais tarde. Estávamos brigados havia meses. Sequiosa de liberdade, tal qual meu progenitor, eu queria "viver minha vida" e estava em Tenon, onde a minha Marcelle acabara de nascer. A primeira visita que recebi foi a de papai. Ficou sabendo que era avô e, emocionado, veio visitar a jovem mamãe, esquecendo todas as desavenças. Ficou dois minutos sem conseguir dizer uma sílaba e estava com os olhos marejados de lágrimas quando me beijou. No dia seguinte, minha "madrasta" do momento veio trazer um enxoval para o nenê. Simples, mas era um enxoval.

Escrevi "do momento", e a precisão é necessária. De bela aparência, meu pai era muito mulherengo e raramente ficava sozinho. Quando lhe perguntavam:

— Essa menina não tem mãe?
Lá vinha a resposta invariável:
— Talvez tenha demais!
De fato, tive várias "madrastas", mais ou menos provisórias, umas amáveis, outras menos, mas todas suportáveis. Nenhuma me fez sofrer, papai não teria tolerado.
Meu pai nunca se separou de mim, embora tivesse tido várias oportunidades para isso, até em condições vantajosas. Muitas vezes, de fato, aparecia gente se oferecendo para cuidar da minha educação e até fazer sacrifícios para me garantir um futuro artístico. Ele ouvia sem dizer nada e no fim mandava todo mundo embora, mais ou menos educadamente, conforme seu humor. Em Sens, um casal "muito distinto" fez-lhe uma magnífica oferta: cem mil francos à vista, uma verdadeira fortuna na época. Ele recusou sem a mínima hesitação.
— Se querem tanto ter um filho — disse simplesmente —, por que não fazem um? Não é preciso estudar para isso!
Certo dia, num café do bairro Saint-Martin — acho que era o Batifol, estabelecimento onde os artistas dos musicais se reuniam para o aperitivo —, uma senhora perguntou se eu queria lhe dar um beijo.
— Papai não quer que eu beije pessoas desconhecidas.
Ele estava em pé, no balcão.
— Essa, você pode — disse com um leve sorriso. — É sua mãe.
E acrescentou:
— A de verdade!

Papai e mamãe, que em vida passaram pouquíssimo tempo juntos, hoje descansam no Père-Lachaise, um ao lado do outro. Costumo ir rezar no túmulo deles e sempre com uma recordação afetuosa.

Fico emocionada quando lembro os últimos instantes de meu pai: ele, que sempre viveu despreocupado, como se o dia de amanhã não existisse, olhou-me com o rosto emagrecido e disse numa voz que já não era deste mundo:

— Compre terras, Édith!... Com um bom sítio, a gente tem certeza de que nunca vai passar fome!

VI

> *Quand il me prend dans ses bras,*
> *Il me parle tout bas,*
> *Je vois la vie en rose.*
> *Il me dit des mots d'amour,*
> *Des mots de tous les jours,*
> *Ça me fait quelque chose.*
> *Il est entré dans mon cœur,*
> *Une part de bonheur*
> *Dont je connais la cause...**
>
> "LA VIE EN ROSE"
> É. Piaf e Louiguy, 1946

Cantar é a mais bela profissão do mundo. Duvido que haja alegria maior, mais completa, que a do artista consciente de ter transmitido aos que o ouvem, com alguns estribilhos, um pouco de sua riqueza pessoal.

Quando me perguntam o que é preciso para vencer como intérprete da canção, respondo sem nenhuma ilusão quanto à originalidade da frase: "Trabalho, trabalho, muito trabalho".

Mas isso não basta, seria simples demais. É preciso estar resolvido a ser você mesmo, e nada além de você mesmo. Isso não significa

---

* "La vie en rose" teve uma versão brasileira na década de 1950, mas optamos aqui por indicar a tradução literal do original francês: "Quando ele me toma em seus braços,/ Ele me fala baixinho,/ Eu vejo a vida cor-de-rosa./ Ele me diz palavras de amor,/ Palavras de todos os dias,/ Isso me emociona./ Entrou em meu coração/ Uma parte de felicidade/ Cuja razão eu conheço..." (N. de T.)

ignorar os outros. Ao contrário, é preciso ir vê-los e aproveitar o que eles possam eventualmente lhe dar. Qualquer recital sempre ensina alguma coisa: no mínimo aquilo que não se deve fazer.

A grande tentação que convém afastar, e nem sempre é fácil, é forçar o sucesso cedendo à facilidade, "fazendo concessões" ao público. Atenção, perigo! A gente sabe onde começam as concessões, mas não aonde elas levarão. Quanto a mim, me esforço para não fazer nenhuma. Dou o máximo de mim, ponho toda a minha alma e todo o meu coração nas canções, quero estabelecer contato com a platéia, entrar em comunhão com quem me ouve, mas, se não quiserem, não vou recorrer, para conquistá-los, a ardis que me diminuirão aos meus próprios olhos e, depois, aos deles. Que me aceitem ou me rejeitem, mas não compactuo com a piscadela cúmplice, nem com os truques em troca dos quais se recebem aplausos que não são motivo de orgulho.

Essa intransigência sempre dá certo. No Bobino, quando cantei "Mariage" ["Casamento"], de Henri Contet e Marguerite Monnot, fui vaiada. Não cedi. Mantive "Mariage" em meu programa e consegui fazer dessa canção um sucesso. Poderia citar outras peças que também não agradaram e que, porque não as abandonei — e também porque eram belas —, se tornaram populares. Sou difícil na escolha de minhas canções. As que não me agradam, rejeito sem piedade, mas as outras, aquelas em que "boto fé", eu defendo até o fim e em toda parte. Porque não tenho dois repertórios, um para o palco e outro para a rádio. Para mim, uma canção é boa *em si* ou não é. E, se tem valor, vale em qualquer lugar.

Letras, recebo muitas. Excelentes e abomináveis. Versos arrevesados, com uma idéia que não está bem explorada, e outros, muito hábeis, que são plágio de algumas das minhas canções. (Cheguei a receber vinte versões de "Mon légionnaire" e outras tantas de "L'accordéoniste" ["O acordeonista"].) Recuso todas elas e tento ficar com as obras originais, sinceras e "que trazem algo". Não

faço questão que pertençam a determinado "gênero". Um programa de canto deve ser variado. É claro que hoje eu já não interpretaria o divertido "Corrèque et réguyer", de Marc Hély e Paul Maye, que cantei na minha primeira temporada no A.B.C., mas, mesmo mantendo um certo estilo que dê unidade ao repertório, procuro sempre diversificar, e é fácil ver a distância entre "Jézabel" e "La vie en rose", entre "L'homme à la moto" ["O homem da moto"] e "Enfin le printemps!" ["Enfim a primavera!"], e entre "De l'autre côté de la rue" ["Do outro lado da rua"] e "Monsieur Saint-Pierre" ["O Sr. São Pedro"].
Numa canção, o que me interessa, em primeiro lugar, é a letra. Nunca entendi a célebre frase de Thérésa, a famosa cantora do fim do século XIX, que dizia a seus letristas: "Escrevam qualquer bobagem! Se fizerem versos inteligentes, o que vai sobrar para eu fazer?". Estranho raciocínio. Criar uma canção é dar vida a uma personagem. Como conseguir isso se as palavras forem medíocres, mesmo que a música seja boa?

Que não pareça, depois do que acabo de dizer, que dou pouca importância à melodia!
Uma canção, sem a parte musical, pode ser um belíssimo poema. Não ganha nada, porém, com essa mutilação. Uma canção que dá certo é um todo que não pode ser dissociado. Há alguns anos, Raymond Asso "disse" suas canções num cabaré. Apesar da qualidade poética do texto perfeito, e embora saiba dizer seus versos melhor que ninguém, ele não conseguiu provocar a mesma emoção: faltava a melodia.
É a melodia que – a frase é do próprio Raymond Asso – "dá ao poema seu verdadeiro clima, a atmosfera indispensável".
E como eu falaria de melodia sem prestar homenagem àquela que, para mim, é a viva e radiosa encarnação da música, Marguerite

Monnot, minha melhor amiga e a mulher que mais admiro no mundo?

Muito bonita, elegante e culta, Marguerite só tem um defeito: não faz questão de publicidade e mostra-se tão desinteressada por isso que, às vezes, a gente pensa que seria urgente mantê-la sob interdição para impedir que cuide de seus próprios negócios.

Aos três anos e meio, ela tocou Mozart em público, na sala dos Agricultores, e recebeu seu primeiro cachê: um gato de pelúcia. Impregnada de música clássica, aluna de Nadia Boulanger e de Cortot, renunciou à brilhante carreira de concertista para fazer canções.

Composta a partir de uma letra de Tristan Bernard – o próprio! –, sua primeira canção foi uma valsa, "Ah! les jolis mots d'amour" ["Ah, que lindas palavras de amor"], que Claude Dauphin e Alice Tissot cantarolavam num filme. Mas foi com "L'étranger" que ela iniciou de fato a carreira brilhante para a qual sua formação clássica não a preparara. Depois dessa obra-prima, que me valeu conhecer Marguerite, veio "Mon légionnaire", que ela escreveu em poucas horas e a tornou célebre. Depois vieram as outras, todas as outras: "Le fanion de la Légion" e "Je n'en connais pas la fin", com Asso; "Escale" ["Escala"], com Jean Marèze; "Histoire de cœur" ["História de namoro"], "Le ciel est fermé" ["O céu está fechado"], "Le petit homme" ["O homenzinho"], com Henri Contet; "La goualante du pauvre Jean" ["A cantiga do pobre Jean"], com René Rouzaud, e orgulho-me muito de ter colaborado com Marguerite em canções como: "La petite Marie" ["Mariazinha"], "Le Diable est près de moi" ["O diabo está perto de mim"] e "Hymne à l'amour" ["Hino ao amor"], para citar apenas três.

Marguerite Monnot é a compositora mais executada no mundo.

Só posso acrescentar: com justiça.

*

Tive a sorte de ser a primeira a interpretar muitas canções lindas, mas houve várias que eu gostaria de ter lançado... e nunca poderei cantar. Que pena.

"La mauvaise prière" ["A má oração"], de Louis Aubert, por exemplo. Cada vez que ouvia Damia "viver" essa extraordinária composição, com toda a intensidade dramática que sabe dar às suas interpretações, era como se eu levasse um choque. Encantada, aplaudia, gritava minha admiração. E voltava triste para casa. Como eu gostaria de cantar "La mauvaise prière"! Mas ninguém conseguiria isso depois de Damia!

Já me referi à alta consideração que tenho pelo talento de Marie Dubas. Ela me fez chorar, e mais de uma vez, com "La prière de la Charlotte", a desventurada menina de rua que, numa noite de Natal, cheia de frio e de fome, implora a morte à Virgem Maria, mas antes se oferece para ajudá-la a carregar por alguns instantes seu precioso fardo...

...Um filho, no fim, sempre pesa...

Conheço o texto de Rictus, tão denso, tão tocante, tão "humano". Nunca cantarei esse texto. Depois de Marie Dubas, há experiências que não convém arriscar.

Mas cantei "Comme un moineau" ["Como um pardal"]. Há uma desculpa para isso: eu tinha apenas 15 anos e ignorava até o nome de Fréhel, que viria a conhecer mais tarde no estabelecimento de Leplée. Ela mantinha "Comme un moineau" em seu repertório. Na noite em que a ouvi, fiquei envergonhada... e compreendi que ainda precisava trabalhar muito para me considerar uma "artista".

Penso em outras canções que gostaria de ter criado: "Je chante" ["Eu canto"], de Charles Trenet; "Les premiers pas" ["Primeiros

passos"], um dos sucessos de Yves Montand; "La Guadeloupe" ["Guadalupe"], essa também com a marca de Marie Dubas; "Miss Otis regrette" ["Miss Otis lamenta"], tão bem cantada por Jean Sablon...
E, depois, "La vie en rose"!

Essa também é uma bela história. Porque essa canção, que não lancei, tem letra e música minhas. Estávamos em 1945. Eu já tinha feito a música de algumas canções, como "Jour de fête" ["Dia de festa"], todas com arranjo de Marguerite Monnot, mas eu ainda não fazia parte da SACEM[1].
Abro aqui um parêntese. Porque imagino que certos "amigos" vão franzir a testa ao ler essa frase, pensando: "Essa é boa! Ela esqueceu que foi barrada na SACEM!".
Então, para não deixar dúvidas, confesso. Fui reprovada nesse exame de admissão. Poderia alegar que na época não estava bem de saúde, mas para que dar desculpas? Fui aprovada oito meses depois e perfeitamente consolada no dia em que Marguerite Monnot me contou que também tivera de "bisar" esse mesmo exame. Assim como, antes dela e muitos anos antes, Christiné, o compositor de "Phi-Phi"!
Fechado o parêntese, volto a "La vie en rose". Numa bela tarde de maio de 1945, eu estava sentada diante de um cálice de porto, num cabaré dos Champs-Élysées, com minha amiga Marianne Michel. Natural de Marselha, ela estreara com sucesso em Paris e buscava uma música que lhe desse projeção.
– Por que você não faz uma para mim? – perguntou.
A melodia de "La vie en rose" estava escrita e cantarolei para ela, que gostou e pediu que terminasse a canção – ainda sem letra e sem título.

---

[1]. Sociedade dos Autores, Compositores e Editores de Música, com sede em Paris, na rua Chaptal. (N. ed. original de 1958.)

— Combinado! — exclamei. — E é para já!
Ao dizer isso, peguei a caneta e rabisquei os dois primeiros versos na toalha de papel:

Quand il me prend dans ses bras,
Je vois les choses en rose...

Marianne fez uma careta.
— Você gosta desse "as coisas"? Não fica melhor "a vida"?
— Boa idéia!... E o título vai ser "La vie en rose"... O título é seu.
E corrigi:

Quand il me prend dans ses bras,
Je vois la vie en rose...

Terminada a canção, eu precisava encontrar alguém que assumisse a autoria, já que eu mesma não podia registrá-la na SACEM. Mostrei-a para Marguerite Monnot. Ela olhou espantada para mim.
— Você vai cantar essa bobagem?
— Estava contando com você para assiná-la.
— Não!... Ela não me diz nada.
Não insisti. Peguei a música e fui falar com outros compositores. Todos se recusaram, e um chegou a me dizer:
— Está brincando? Você me recusou dez canções nos últimos três anos e quer que eu assuma a paternidade de uma que você não vai cantar e ainda vai ser um fracasso?
Já estava desistindo quando Louiguy — que mais tarde escreveria para mim "Bravo pour le clown"[2] ["Bravo para o palhaço!"] — aceitou dar essa assinatura que já me parecia impossível. Decerto ele não se arrependeu.

---

2. Louiguy é de fato o compositor dessa música, cuja letra é de Henri Contet. [Nota do editor francês]

Lançada por Marianne Michel, "La vie en rose" tornou-se um sucesso internacional. Traduzida em doze línguas, entre as quais o japonês, foi gravada inúmeras vezes por artistas como Bing Crosby e Louis Armstrong, atingindo o número extraordinário de três milhões de discos vendidos. A música é tão conhecida nos Estados Unidos como na França, é sempre pedida quando canto em Nova York, é cantarolada pelas ruas e, na Broadway, existe um *nightclub* chamado La vie en rose, provavelmente o único do mundo que escolheu para si o nome de uma canção francesa.

Comecei a cantar "La vie en rose" dois anos depois de Marianne Michel.

Fico feliz por ter escrito essa música para ela, feliz por ter lhe dado esse prazer.

Mas ainda lamento não ter criado "La vie en rose"[3].

---

[3]. No jargão da profissão, quem cria uma canção é aquele que a canta pela primeira vez em público ou a grava em disco. Quando se trata de dois artistas diferentes, designa-se o criador de palco e o criador discográfico. Embora a noção de criação possa causar confusão, no terreno da música ela não se refere nem à escrita da letra (obra do autor) nem à escrita da melodia e da harmonia (trabalho do compositor). Logo, a menos que sejam também os intérpretes, os autores ou compositores de uma canção raramente são seus criadores. Portanto, "La vie en rose" foi criada por Marianne Michel, em 1945. Édith Piaf só a gravou em 4 de janeiro de 1947. O sucesso, é claro, foi fenomenal, e "La vie en rose" permanece até hoje como uma das músicas francesas mais ouvidas no mundo inteiro.

VII

Depuis quelque temps l'on fredonne
Dans mon quartier une chanson,
La musique en est monotone
Et les paroles sans façon.
Ce n'est qu'une chanson des rues,
Dont on ne connaît pas l'auteur,
Depuis que je l'ai entendue,
Elle chante et danse en mon cœur...*

"Je n'en connais pas la fin"
R. Asso e M. Monnot, 1939

Durante anos quase só cantei as canções escritas para mim por Raymond Asso. Seus refrões se tornavam populares assim que eram lançados, e fico feliz de ver que não perderam a atualidade. Se uma artista quiser gravá-las hoje, a França inteira vai reconhecer e cantar. Foram, entre outras, "Je n'en connais pas la fin", "Le Grand Voyage du pauvre nègre", "C'est lui que mon cœur a choisi" ["Foi ele o escolhido do meu coração"], "Browning", "Paris-Méditerranée", que, como "Mon légionnaire", nasceram de uma recordação que eu contara a Asso. Certa vez, indo de trem noturno para o sul, adormeci com a cabeça encostada no ombro do belo rapaz que o acaso me dera como companheiro de viagem. Ele encostou o rosto em mim, suavemente, e não reagi.

---

* "Há tempos que no meu bairro/ Cantarolam uma canção,/ A toada é monótona/ E a letra, sem pretensão./ É dessas canções que correm pelas ruas,/ De que não se conhece o autor,/ Mas desde que a ouvi/ Ela canta e dança em meu coração..." (N. de T.)

Un train dans la nuit vous emporte,
Derrière soi des amours mortes
Et dans le cœur un vague ennui...
Alors sa main a pris la mienne
Et j'avais peur que le jour vienne.
J'étais si bien contre lui.*

 Em Marselha, dois senhores esperavam por ele na plataforma da estação Saint-Charles; eram dois inspetores de polícia. Quando os avistou, não teve tempo de escapar. Estava algemado quando o vi pela última vez, já no meio da multidão que saía da estação. Nunca mais ouvi falar dele, e é provável que, como o "legionário", ele ignore que inspirou uma belíssima canção de Asso.
 Quando a guerra me separou de Raymond Asso, tive de procurar outros letristas. Substituir Asso era difícil[1]. Pois, embora apareçam a cada ano milhares de canções, os bons autores são raros. O querido Béranger já constatava isso bem antes de mim: "Não é para me gabar de meus poucos méritos — será difícil des-

---

* "Um trem segue dentro da noite,/ Deixando amores perdidos/ E no coração uma vaga tristeza.../ Então a mão dele pegou a minha/ E tive medo de que viesse o dia./ Eu estava tão bem junto a ele." (N. de T.)

1. Embora tenha sido Louis Leplée quem descobriu a Môme Piaf, foi de fato Asso quem a fez tal como é conhecida. Foi ele o primeiro a tentar sintetizar todos os mitos que a marcaram para melhor projetá-los em canções escritas sob medida, que, mais do que peças de repertório, foram a base de um verdadeiro imaginário coletivo, transformando a cantora numa espécie de ícone, da qual o poeta Jacques Audiberti dizia: "Édith Piaf sabe incendiar o lado tenebroso do povo". Asso era um pigmalião genial, que não se contentou em compreender todos os matizes da personagem Piaf, mas a modelou à custa de trabalho, paciência e — às vezes — bofetadas, a fim de eliminar todos os cacoetes e todos os artifícios, até fazer da ex-cantora de rua uma imensa intérprete da canção. Também foi Asso quem a iniciou na leitura e lhe deu o nome artístico definitivo: Édith Piaf, em vez de Môme Piaf. Convocado nos primeiros dias da guerra, Raymond Asso foi com sua unidade para Digne. Semanas depois, Paul Meurisse o substituía no coração de Édith, que nunca conseguiu passar muito tempo sem uma companhia masculina.

cobrir inovações em mim –, mas afinal sempre houve mais bons autores teatrais do que gente de qualidade na canção". Verdade que vale tanto hoje quanto no século passado.

Felizmente a sorte me sorriu várias vezes nessa busca quase sempre decepcionante do bom autor. Por exemplo, não precisei procurar Michel Emer. Ele veio até mim, e em circunstâncias interessantes que cabe lembrar.

Eu o encontrara, antes da guerra, nos corredores da Radio-Cité e achei-o muito simpático: olhar inteligente atrás de óculos enormes, sorriso que mostrava dentes muito brancos, uma conversa brilhante e, além disso, uma cortesia muito rara nos estúdios, sejam eles de rádio ou de cinema. Eu sabia que ele tinha talento. Mas, para mim, Michel Emer rimava com flores, céu azul, passarinhos: escrevia coisas bonitas, mas que não combinavam comigo.

A guerra tinha sido declarada 48 horas antes. Eu estava em casa, na avenida Marceau, quando me avisaram que Michel Emer estava no *hall*, querendo me mostrar uma música. Pedi que dissessem que, como eu precisava sair para um ensaio, não poderia atendê-lo. Ele insistiu, e fiquei sabendo que tinha sido convocado e, à meia-noite, tomaria o trem na Gare de l'Est. Era impossível não ouvir sua música. Decidi então lhe conceder alguns instantes. E, quando ele entrou, avisei:

– Você tem dez minutos, cabo Emer.

– Não preciso de tudo isso.

Ele se sentou ao piano e tocou "L'accordéoniste".

La fill' de joie est belle
Au coin d' la rue, là-bas.
Elle a un' clientèle
Qui lui remplit son bas...*

---

* "A moça de vida fácil é bonita/ Lá na outra esquina da rua./ Ela tem clientes/ Que lhe enchem a bolsinha." (N. de T.)

Excelente pianista, ele cantava mal. Mas fiquei ouvindo, sem fôlego. Ele nem chegou à segunda estrofe e eu já tinha decidido: a música que eu nem quisera escutar, eu queria ser a primeira a cantar.

> *Elle écout' la java,*
> *Mais ell' ne la dans' pas,*
> *Ell' ne regarde mêm' pas la piste,*
> *Mais ses yeux amoureux*
> *Suivent le jeu nerveux*
> *Et les doigts secs et longs de l'artiste...**

E é bem no finzinho, depois do último verso da terceira estrofe, que vem o achado sensacional, para não dizer o golpe de mestre: a música continua um pouco até que, exasperada, a moça não agüenta mais e grita:

> *Arrêtez! Arrêtez la musique!***

Michel não teve tempo de perguntar o que eu achava. Disse-lhe apenas:
— Toque de novo.
Ele tocou "L'accordéoniste" outra vez. E mais outra.
E foi tocando. Ele chegara às duas da tarde e só o larguei às cinco da manhã. Eu tinha aprendido a música e queria lançá-la naquela noite no Bobino, onde eu estrearia. Michel foi comigo ao ensaio, assistiu à estréia... e foi para o quartel com três dias de atraso.
Correu o risco de passar pelo conselho de guerra, mas feliz, embora "L'accordéoniste" não tenha sido recebido pela platéia

---
* "Ela escuta a valsa rápida/ Mas não está dançando,/ Nem olha para quem dança,/ Seu olhar apaixonado/ Segue porém o ritmo enérgico/ E os dedos finos e longos do artista..." (N. de T.)
** "Parem! Parem a música!" (N. de T.)

com grande entusiasmo. O espectador, atordoado, não sabia se a música tinha acabado ou não.

Mais tarde, "L'accordéoniste" teve sua desforra.

Letrista e compositor, Michel Emer tem o dom, mais raro do que se imagina, de encontrar melodias que logo ficam gravadas na memória.

Falei muito da importância da letra. Mas a música é também melodia. É isso. "Se uma canção não tem melodia", escreveu Jean Wiener, autor de "Grisbi", "ela não chega a ser uma canção." E explica: "é a linha melódica, simples, simétrica, lógica, constante, acessível, que se decora quase imediatamente".

Michel Emer produz melodias como a macieira produz maçãs. Sua ousadia às vezes espanta o público, provoca uma espécie de soco no estômago, mas por fim todos aceitam-na, e me sinto sempre segura quando interpreto alguma das canções que escreveu para mim: "Monsieur Lenoble" ["Sr. Lenoble"], "Télégramme" ["Telegrama"], "Qu'as-tu fait, John?" ["O que você fez, John?"], "Le disque usé" ["O disco arranhado"], e tantas outras, sem esquecer "De l'autre côté de la rue":

> *Y a pas à dire, elle aim' trop la vie*
> *Et un peu trop les beaux garçons.*
> *Elle a un cœur qui s' multiplie.*
> *Et ça lui fait d'drôles d'additions!**

Conheci Henri Contet em 1941, no estúdio em que eu filmava *Montmartre-sur-Seine*. Jornalista, ele era encarregado da promoção

---

* "Não há dúvida, ela ama muito a vida/ E ainda mais os belos rapazes./ Ela tem um coração que se multiplica./ E isso lhe proporciona um bom lucro!" (N. de T.)

do filme e foi no refeitório que me contou que, dez anos antes, havia "cometido" algumas canções.

— Eu tinha vinte anos — acrescentou como que para se desculpar.

Uma dessas canções, "Traversée" ["Travessia"], escrita para uma melodia de Jacques Simonot, tinha agradado a Lucienne Boyer, que a incorporara a seu programa, embora fugisse, por ser muito dramática, ao gênero que ela executava. Foi péssima idéia: a crítica, que não gosta de mudar de hábitos e aprecia as classificações, lembrou a Lucienne que o "charme" era sua especialidade e não devia fugir disso. Ela não insistiu. Deixou de lado "Traversée", e Henri Contet, desgostoso, abandonou a carreira.

Mas ele escrevia poemas. Li alguns e, entusiasmada, pedi que me escrevesse uma canção. Pouco tempo depois, trouxe-me duas: "Le brun et le blond" ["O moreno e o loiro"] e "C'était une histoire d'amour" ["Era uma história de amor"]. Meu faro não me enganara: Henri Contet tinha diante dele uma brilhante carreira de letrista.

Carreira que ele construiu... e prossegue. Devo-lhe muitas canções, que são das mais belas de meu repertório. Títulos? Em primeiro lugar, "Le vagabond" ["O vagabundo"]...

C'est un vagabond
Qui est joli garçon.
Il chant' des chansons
*Qui donnent le frisson.**

E depois "Un air d'accordéon" ["Melodia de acordeão"], "Y a pas d'printemps" ["Não existe primavera"], que escreveu em 25 minutos, a partir de uma aposta que fizemos — que ele ganhou com

---

* "É um vagabundo/ Que é lindo rapaz./ Ele canta canções/ Que dão arrepio." (N. de T.)

justiça –, "Coup de grisou" ["Explosão"], "Monsieur Saint-Pierre", "Histoire de cœur", "Mariage", "Le petit homme"², que expressa com maravilhosa simplicidade a solidão do homem no mundo atual, e ainda "Bravo pour le clown", que não posso esquecer:

> *Je suis Roi et je règne,*
> *Bravo, bravo!*
> *J'ai des rires qui saignent,*
> *Bravo, bravo!*
> *Venez, que l'on m'acclame,*
> *J'ai fait mon numéro*
> *Tout en jetant ma femme*
> *Du haut du chapiteau...**

Henri Contet, que considero um grande poeta – e muitos concordam comigo –, continua fazendo versos. Mary Marquet costuma declamá-los em seus recitais de poesia. É uma referência. Desejo que ele os reúna em livro para grande prazer de seus amigos e feliz surpresa dos que ainda não o conhecem. E espero que continue a escrever para mim belas canções.

---

2. "Le petit homme", canção original de Henri Contet, com melodia de Marguerite Monnot, foi gravada por Édith Piaf em 9 de outubro de 1946. A adaptação norte-americana, feita por Rick French, foi gravada em 11 de julho de 1956, nos estúdios Capitol de Los Angeles. Destinado ao público norte-americano, o disco só saiu em 1964, após a morte da cantora.
* "Eu sou Rei e eu reino,/ Bravo, bravo!/ Dou risadas que sangram,/ Bravo, bravo!/ Venham, que o povo me aclame,/ Fiz meu número/ Jogando minha mulher/ Do alto do trapézio..." (N. de T.)

VIII

> *Il a des yeux,*
> *C'est merveilleux,*
> *Et puis des mains,*
> *Pour des matins,*
> *Il a des rires*
> *Pour me séduire*
> *Et des chansons...**
>
> "Il a..."
> É. Piaf e M. Monnot, 1945

Foi no Moulin Rouge que ouvi Yves Montand pela primeira vez. Tinham me contratado por 14 dias, e a direção do célebre *music hall* da praça Blanche pediu que eu mesma designasse o artista que faria a primeira parte do espetáculo, logo antes do intervalo. Pensei primeiro em Roger Dann, que fazia então recitais de canto e de opereta. Ele já tinha outros compromissos. Propuseram-me Yves Montand. Eu o encontrara em Marselha, anos antes, na época em que o saudoso Émile Audiffred guiava-lhe os primeiros passos na profissão, e ouvira falar dele. Ele tinha muito prestígio no sul: cada vez que se apresentava no Alcazar de Marselha, o decano dos *music halls* franceses – foi construído em 1852 –, ele "arrasava", como diz o pessoal de lá. Sua estréia parisiense no A.B.C. em 1944 não fora muito boa. Nervoso, entrou no palco

---

* "Que olhos ele tem, / É maravilhoso,/ E que mãos,/ Para as manhãs,/ Ele tem risos/ Que me seduzem/ E tem canções..." (N. de T.)

vestindo um paletó xadrez um pouco extravagante. Dos camarotes, um gaiato gritou: "Zazou!"*, e a sala, cheia de admiradores de Dassary, estrela do espetáculo, caiu na risada, tornando muito difícil a tarefa de Montand. Sua dicção, ainda áspera, o sotaque marselhês, o som intensamente grave que ele imprimia a quase todos os "ô", sobretudo na palavra "harmônica", muito repetida em suas canções, o excesso de gestos, enfim, tudo isso não facilitou as coisas, e aquela primeira noite não terminou de maneira brilhante. Eu sabia disso, mas sabia também que ele tirara, de modo inteligente, uma lição do fato: no dia seguinte, deixando o horrível paletó no camarim, apresentou-se ao público com camisa e calça marrom e colarinho desabotoado, e o sucesso foi nítido. Podia-se confiar nele. Quando o artista tem vontade de corrigir os defeitos que percebe, se "alinha a mira" quando compreende seus erros, ele acaba vencendo, mais cedo ou mais tarde. Não fica pelo meio do caminho.

Como Audiffred me garantiu que desde o A.B.C. seu protegido fizera mais progressos, aceitei em princípio contratar Montand, dizendo, porém, que o sim definitivo dependia de eu ouvi-lo. Marcamos o dia da audição. Tempos depois, Yves me confessou que, na hora, achou minha pretensão absurda e que dissera a seu empresário que eu não passava de uma "vendedora de depressão", como todas as realistas, com o agravante de ser muito "chata".

Chegou o dia da audição. Eu estava praticamente sozinha na enorme sala do Moulin, meio na penumbra. Yves cantou e, imediatamente, fiquei subjugada. Uma personalidade formidável, a impressão de força e firmeza, mãos eloqüentes, poderosas, admiráveis, rosto belo e atormentado e, milagre!, pouquíssimo sotaque. Yves tinha se livrado dele à custa de pacientes exercícios.

---

* Nome dado, durante a Segunda Guerra, aos jovens excêntricos, de atitudes exageradas e americanizados. (N. de T.)

Só lhe faltavam... canções. As do programa dele eram impossíveis: histórias de caubóis, fáceis e às vezes vulgares, um americanismo inventado, que podia agradar ao público – a Libertação não tardaria –, mas me parecia péssimo. Yves Montand estava acima daquilo.

Quando ele terminou a quarta canção, fui até perto do palco. Ele avançou até a ribalta. Vou sempre me lembrar da cena: eu, baixinha, como que esmagada pela esguia silhueta do rapaz para o qual eu erguia o rosto, chegando mais ou menos à altura de seus tornozelos.

Disse que ele era "formidável" e que, com certeza, teria uma carreira magnífica. Depois, subi ao palco e acrescentei o essencial: precisava mudar o repertório, interpretar peças de qualidade, canções verdadeiras, que lhe permitissem viver personagens e expressar alguma coisa.

Ele olhou para mim com certo espanto, pensando sem dúvida que eu estava me metendo no que não me competia; soltou um "sim" absolutamente sem convicção. Ele concordava, percebi, para não me aborrecer e não ter problemas. Não ia contrariar a estrela do espetáculo, é claro, mas estava pouco interessado nos conselhos dela.

Perguntei se ele já tinha me ouvido cantar. Como a resposta foi "não", disse:

– Muito bem! Agora é a minha vez. Aproveite.

Ele foi se sentar na platéia, mais ou menos no lugar onde eu estivera, e comecei meu ensaio.

No final, subiu ao palco e, depois de ter me feito elogios que não cabe aqui repetir, disse simplesmente:

– Quanto ao meu repertório, está certa. Vou seguir sua recomendação. Só que vai ser duro!

Yves Montand é hoje um dos grandes nomes da canção. Pouco a pouco, mas bem depressa, ele deixou o gênero que poderia tê-lo aprisionado. Jean Guigo e Henri Contet lhe ofereceram, com "Battling Joë", "Luna-Park" e "Gilet rayé" ["Colete listrado"], os primeiros "sucessos" de que pôde se orgulhar. Nessas músicas, ele encarnava "tipos", e de modo inesquecível: o infeliz pugilista que fica cego de "Battling Joë":

> *C'est un nom maint'nant oublié,*
> *Une pauvre silhouett' qui penche,*
> *Appuyée sur une cann' blanche...**

ou o pequeno-burguês para quem o suicídio é a única saída de "Ce monsieur-là" ["Aquele senhor"], e o dono de hotel que acaba nas galés em "Gilet rayé". Vieram outras, muitas outras, e é impossível citar todas as canções que ele criou e marcou com sua forte personalidade.

Yves Montand ganhou sua batalha.

Ganhou graças à coragem e à vontade. Pois, mesmo tendo modificado de um dia para o outro seu programa, teve de lutar muito tempo até impor o novo Montand. Ele mudara, mas o público estava habituado a vê-lo de certa maneira, e tanto o espectador quanto o crítico não gostam do que contraria seus hábitos. Em Lyon, em Marselha, platéias que antes o aclamavam agora ficavam mais neutras. Ele poderia ter forçado o sucesso, retomando as letras fáceis que lhe pediam. Recusou. Tinha começado a melhorar e não retrocederia, por maior que fosse a tentação. As novas canções eram boas, ele sabia disso, e não as abandonaria.

Às vezes, havia entre ele e o público arredio verdadeiras pelejas. Ele saía do palco esgotado, aborrecido, até furioso, mas não vencido.

Disse-me dezenas de vezes:

---

* "É um nome agora esquecido,/ Uma pobre silhueta curvada,/ Que se apóia numa bengala branca..." (N. de T.)

— É terrível, Édith, mas não vou ceder! Estou com a razão. Eles hão de entender!

E esse dia chegou, em 1945, no Étoile — ele se apresentava na primeira parte do espetáculo no qual eu era a atração principal —, onde, aclamado por uma platéia que não poupava aplausos, ele me disse, feliz da vida, ao voltar aos bastidores:

— Agora sim, Édith, consegui! Eles gostaram!

Anos mais tarde, no mesmo teatro, aonde voltava então como o artista principal, obteve um enorme sucesso.

Sua jovem maestria reconhecida... Tornou-se o grande Montand.

E, apesar de a vida nos ter separado, fico orgulhosa ao dizer que contribuí um pouco para seu sucesso.

Há uma frase de Maurice Chevalier que lembro sempre.

Foi há muitos anos, no Empire ou no Alhambra, depois do seu programa. Era a primeira vez que ele ocupava sozinho toda a segunda parte do espetáculo, chegando assim ao estrelato que era seu sonho havia quase 25 anos. A noite terminara com inúmeras ovações, e muitos amigos, conhecidos e desconhecidos não queriam sair do teatro sem cumprimentar o vencedor. Ele recebera os cumprimentos com a fleuma e a gentileza costumeiras, e ficou depois só com alguns amigos íntimos.

— Engraçado, essa turma! — exclamou sorrindo. — Uns me dizem: "Que bom! meu caro, levou tempo mas você conseguiu!", e outros: "Como o senhor venceu rápido!". Notaram que os primeiros são os que me tratam por "você"? Só eles, meus verdadeiros esteios, sabem que a minha vida não foi fácil...

A observação é muito correta. O público tem tendência a pensar que nossa luta começou no dia em que ele ouviu falar de nós pela primeira vez. Não imagina que batalhamos anos a fio sem que ele desconfiasse de nossa existência, e que poderíamos continuar desconhecidos para sempre se a sorte não nos desse um empurrãozinho.

Quanto a mim, sei que, desanimada, pensei várias vezes em abandonar tudo. Passei horas à espera nos escritórios dos empresários e muitas vezes saí sem ser atendida; conheci as viagens que vão (de terceira classe) à longínqua Bretanha ou ao Dauphiné por um cachê de miséria; apresentei-me penosamente na abertura de espetáculos e, aos poucos, fui melhorando de posição até chegar à recompensa suprema de "estrela do programa". Anos difíceis, mas aprendizagem útil.

No *music hall* como alhures, e talvez mais que alhures, o profissionalismo, apoio indispensável do talento, não se improvisa. É adquirido aos poucos.

Verdade primeira? Sem dúvida. Mas que precisa ser lembrada, já que muitos jovens de hoje parecem desconhecê-la. Como se costuma dizer, é querer chegar antes de sair. Com a ajuda do rádio e do disco, um agente de publicidade hábil que disponha de recursos consegue fabricar uma estrela em alguns meses. E ela, de tanto ouvir dizer que é genial, acaba acreditando, embora ainda lhe falte aprender muita coisa dessa difícil arte.

Isso explica por que algumas dessas estrelas não passam de meteoros, riscando o céu do *music hall* e desaparecendo tão depressa como surgiram.

Felizmente há jovens, e são muitos, que estudam, que experimentam e, pouco a pouco, graças ao esforço longo e paciente, acabam encontrando a si mesmos e se impõem. Nunca a canção teve tantos talentos jovens como hoje.

Tive a sorte de ajudar alguns deles a vencer.

Espero ainda poder fazer isso. É tão bom ser o talismã de alguém!

IX

> *Une cloche sonne, sonne,*
> *Sa voix d'échos en échos*
> *Dit au monde qui s'étonne:*
> *"C'est pour Jean-François Nicot!".*
> *C'est pour accueillir une âme,*
> *Une fleur qui s'ouvre au jour,*
> *À peine, à peine une flamme,*
> *[encore faible, qui réclame*
> *Protection, tendresse, amour!**
>
> "LES TROIS CLOCHES"
> J. Villard (Gilles), 1946

E chegou a hora de falar dos meus amigos, os Compagnons de la Chanson [Companheiros da Canção].
São nove, como bem sabem. *Neuf garçons, un cœur* [Nove rapazes, um coração], como proclama o título do filme em que eles atuaram. E acrescento: "E têm talento como se fossem cem!".
Eu os conheci durante a guerra, por ocasião de um espetáculo na Comédie-Française. Marie Bell e Louis Seigner, que assistiram em Lyon a esse grupo de jovens cantores especializados na interpretação de obras do folclore, tiveram a feliz idéia de apresentá-los ao público parisiense. O recital foi interrompido por um alerta que fez com que a maior parte dos espectadores voltasse para casa.

---

* "Toca um sino, toca, toca,/ Sua voz de eco em eco/ Diz ao mundo espantado:/ 'É por Jean-François Nicot!'/ É para receber uma alma,/ Uma flor que desabrocha,/ Uma pequena, pequenina chama que pede proteção, ternura, amor!" (N. de T.)

99

Passado o perigo, o espetáculo recomeçou diante de uma platéia esvaziada, e eu gostei de ter ficado.

Os Compagnons já tinham muito talento. Decerto ainda bem impregnados do estilo "rústico", faltava-lhes experiência, mas a juventude é um defeito delicioso e, se por acaso tiravam pouco partido de algumas de suas músicas, até os erros eram simpáticos. Não era preciso ser especialista para perceber as grandes possibilidades do grupo.

Conversei muito com eles no palco, após o espetáculo. Vieram a minha casa. Passamos excelentes noitadas, cantando uns para os outros nossos repertórios e depois nos perdemos de vista. Encontramo-nos de novo em 1945, numa turnê pela Alemanha. Eles e eu éramos os únicos artistas do espetáculo. Eles na primeira parte e eu na segunda. Ficamos amigos.

E, como se deve ser franco com os amigos, depois de ouvi-los cantar muitas vezes, tive um dia a coragem de dizer o que pensava.

– Vocês resolveram interpretar canções francesas antigas. É prova de bom gosto. São peças que não perderam a beleza, para as quais vocês fizeram arranjos muito acertados, a apresentação é boa e o conjunto de vozes é muito harmonioso, mas não sei se estão no caminho certo. Entendam: não sou pelas músicas "que vendem bem", essas não me agradam nem um pouco, mas, se quiserem conquistar um público maior e atrair os apreciadores do disco, vocês precisam mudar o repertório. Gosto muito de "Perrine était servante" ["Perrine era uma criada"], linda canção, que no entanto nunca será cantarolada nas ruas. Vocês precisam encontrar melodias que possam se tornar populares, refrões que fiquem na memória do público e, naturalmente, canções de amor.

Eles escutaram meu sermão muito educadamente; tiveram até a cortesia de me fazer pequenas objeções, mas era evidente que eu não os convencera. Não insisti. Afinal, eram livres e bem grandinhos para saber o que queriam, já que ao todo somavam duzentos anos de idade. Ou, mais exatamente, duzentos e dez.

Só que, como já deu para perceber, não desisto com facilidade. Voltei ao assunto tempos depois. Com "Les trois cloches" ["Os três sinos"]. Canção admirável; letra e música foram feitas por Gilles, e ele, não por acaso, assinou com seu verdadeiro nome: Jean Villard. Eu o tinha ouvido cantar no Coup de Soleil, seu cabaré de Lausanne – diga-se, de passagem, estabelecimento que teve destaque nas histórias da guerra –, e ela me havia deslumbrado. Eu tinha pensado: "Essa, um dia, eu vou cantar!".

Gilles me entregou a canção, examinei-a e logo me vi numa situação nova, inesperada: eu queria incluí-la no meu repertório, mas não me via cantando-a sozinha. Ela parecia exigir "algo mais". O quê? Eu não sabia dizer.

Quando terminou a turnê na Alemanha, voltei para Paris com "Les trois cloches" na bagagem. Não deixava de pensar nela: uma obra-prima que dormitava, quase ignorada, enquanto detestáveis bobagens davam fama e fortuna aos autores. Parecia-me injusto e revoltante. Um dia, tive a idéia – com muito atraso – de que "Les trois cloches" não era para ser cantada por uma, mas por várias vozes. Daí a falar com os Compagnons foi rápido. Telefonei para eles.

A recusa foi imediata e categórica. "Les trois cloches"? Nem pensar.

Eu estava desapontada. Mas não me dei por vencida.

– E se eu cantasse com vocês? – perguntei.

Tinha feito a proposta sem muita convicção, achando que também recusariam. Para minha grata surpresa, aceitaram.

E trabalhamos juntos "Les trois cloches". Na "imponente" encenação que preparamos, com orquestra e órgão, a peça era apresentada numa espécie de cenário sonoro que lhe aumentava a beleza e conferia uma dimensão extraordinária. Mesmo assim, de início, foi recebida pelo público com certa hesitação. A platéia teria sentido que os Compagnons não a interpretavam com a vibração habitual, que cantavam sem alegria, só para me agradar? Creio que sim. O sucesso, em todo caso, não foi o que eu esperava.

Um dia, a meu pedido, Jean Cocteau veio ouvir as canções que tínhamos "montado", os Compagnons e eu, entre as quais, naturalmente, estava "Les trois cloches". Foram muitos os elogios que Jean nos fez ao terminar a audição. Sobretudo que as vozes daqueles jovens e a minha combinavam muito, formavam um conjunto coral harmonioso, e que nossas interpretações suscitavam uma pura e rara emoção. Assegurou que as lágrimas lhe vieram aos olhos.

A partir desse dia, tudo mudou. Sensibilizados pelos elogios do poeta, os Compagnons passaram a cantar "Les trois cloches" com tanta convicção quanto eu e, imediatamente, começou o sucesso que logo se confirmou. Os últimos a perceber foram os fabricantes de discos, que nos declaravam, com o habitual tom autoritário, que a música não era "comercial", tinha poucas possibilidades de interessar o comprador e não valia a pena ser gravada. Visão curta. As gravações de "Les trois cloches" se elevaram aos milhares em todos os países do mundo, e as vendas bateram recordes: no total, mais de um milhão de exemplares. Nos Estados Unidos, onde Jean-François Nicot se tornou Jimmy Brown, 60 mil discos de "The Jimmy Brown Song", a versão americana de "Les trois cloches", esgotaram-se em três semanas.

Os Compagnons, no entanto, permaneciam fiéis às velhas canções francesas. Sempre teimosa e certa de estar com a razão, não desanimei de tentar convencê-los. Não podiam continuar presos a um repertório que não os deixava mostrar todo seu talento. Eu precisava encontrar a peça que os faria mudar de idéia. Foi "La Marie" ["Marie"]:

T'en fais pas, la Marie, t'es jolie!
Je r'viendrai,
Nous aurons du bonheur plein la vie.
*T'en fais pas, la Marie!**

André Grassi escrevera a canção para mim, mas me parecia mais de acordo com eles. Eu a ofereci. Não se mostraram muito animados. Mas, com a minha insistência e a lembrança (recente) de "Les trois cloches", acabaram aceitando. Meses depois, "La Marie" lhes valeu o Grande Prêmio do Disco.

Dessa vez, eles entenderam. Modernizaram-se, adotaram músicas de Trenet e, pouco a pouco, tornaram-se os Compagnons que conhecemos hoje. Não me arrependo de tê-los feito evoluir. Não teria sido uma pena que nunca tivessem cantado "Moulin Rouge", de Jacques Larue e Georges Auric, "Le petit coquelicot" ["A pequena papoula"], de Raymond Asso e Valéry, "C'était mon copain" ["Era meu amigo"], de Louis Amade e Gilbert Bécaud, "Quand un soldat" ["Quando um soldado"], de Francis Lemarque, e "La prière" ["A oração"], de Francis Jammes e Brassens, e que não tivessem saído do papel composições de Jean Broussolle, como "La chanson du célibataire" ["A canção do solteiro"], "Le violon de tante Estelle" ["O violino da tia Estela"] e "Le cirque" ["O circo"]?

Foi com os Compagnons de la Chanson que fiz minha primeira viagem aos Estados Unidos.

Havia muito tempo também eu desejava descobrir a América. No fundo, podia ter esperado mais um pouco. Eu devia ter pensado que é muito complicado fazer uma turnê no estrangeiro,

---

* "Não se preocupe, Marie, você é linda!/ Eu voltarei,/ Teremos uma vida cheia de felicidade./ Não se preocupe, Marie!" (N. de T.)

principalmente num país cuja língua não se domina. Poderia ter tomado precauções, evitando certos erros que me custaram caro. Fizemos a viagem de navio, e confesso que, ao entrar na baía de Hudson, me senti inquieta. Numa de suas extraordinárias sínteses, Jean Cocteau escreveu que "Nova York é uma cidade de pé". É exatamente o que se sente quando, do convés do transatlântico que passa ao lado dos edifícios gigantescos, se descobre a cidade monstruosa, com a sensação de entrar num universo que vai além da nossa medida. Senti-me ainda menor do que sou e, embora não tenha dito em voz alta, pensei comigo: "Édith, coitada, por que não ficou em casa?".

Estreamos logo depois da chegada, numa sala da rua 48, na Broadway, o bairro dos teatros e da vida noturna. O espetáculo era uma cópia do que tínhamos feito na França com sucesso, e logo percebi que a escolha fora errada. Íamos contra os costumes norte-americanos. Não me passou pela cabeça que o *music hall* que conhecemos em Paris já não existe nos Estados Unidos há muitos anos, que o A.B.C. e o Paladium não têm congêneres no outro lado do Atlântico, que artistas de "variedades" e estrelas da música se apresentam como "atrações" em cinemas ou *nightclubs*, casas noturnas onde se montam teatros-revistas suntuosos, muito parecidos com os que podemos aplaudir no Lido ou no Tabarin, em Paris.

Meu conhecimento do inglês era bem rudimentar, mas, cheia de boa vontade, mandei traduzir duas músicas minhas para interpretá-las na língua dos ouvintes. Esforço louvável, com resultados decepcionantes. Aplausos bem-educados mostraram que apreciavam minha boa intenção, mas não tinham conseguido entender nada. Minha pronúncia não devia ser grande coisa. A prova disso foi quando, depois do espetáculo, um senhor muito distinto me disse, sem ironia, que tinha gostado muito das duas canções que apresentei... em italiano!

Para as que eu cantava em francês, pedi a um apresentador que desse ao público uma breve explicação do tema. Outro erro. Inseri

em meu programa o terrível "tempo morto". Por mais curta que fosse a introdução do mestre-de-cerimônias, ela quebrava o contato que eu tinha conseguido estabelecer com a platéia.
E isso se e quando eu conseguia! Anunciavam Édith Piaf. Passava um murmúrio pela platéia, já "aquecida" pelos Compagnons. *Idiss* Piaf era Paris, a alegre Paris! A parisiense das revistas de luxo, penteada por Antonio, maquiada por um outro e vestindo um suntuoso modelo de 250 mil francos! E aí entrava eu com meu vestidinho preto. Que quadro! E não era só isso. Além de não oferecer aos norte-americanos a imagem da parisiense que eles esperavam, eu apresentava músicas que não eram de seu gosto. Meu repertório, de "L'accordéoniste" a "Où sont-ils, tous mes copains?" ["Onde estão todos os meus amigos?"], não tinha nada de alegre. Habituados às canções piegas, em que *amour* rima com *toujours*, e *tendresse* com *ivresse* ou *caresse*, eles se irritavam. Atitude que me surpreendeu (e aborreceu), mas que acabei entendendo quando os conheci melhor. O norte-americano leva uma vida extenuante. E aceita isso. Mas, quando acaba o dia de trabalho, ele quer descansar, "relaxar". Gente infeliz existe. E ele lida com ela o dia inteiro. Só que, à noite, quer esquecer tudo. É superficial por método e por sanidade. Então por que, no momento em que julga ter deixado as preocupações no vestiário, vem essa francesinha lembrar que na terra existe gente que sofre?

Com tudo isso, nem preciso dizer que meu sucesso não foi grande. Viajei até Nova York para "quebrar a cara". Foi duro? Claro que foi, mas eu já tinha passado por muita decepção e esqueceria aquela como esquecera as outras. Bastava um pouco de ânimo, disposição que felizmente nunca me faltou.

Já os Compagnons arrebatavam aqueles mesmos espectadores que me rejeitavam. Encantados tanto com a beleza das vozes como com a inovadora apresentação, além da alegria juvenil, eles vibravam a cada espetáculo. As críticas sobre eles eram excelentes, as sobre mim eram medíocres.

Não dava para prolongar a experiência.

— Minha gente — disse-lhes depois de algumas noites —, os fatos mostram que vocês já estão prontos para continuar o caminho e que minha presença pode se tornar um fardo. Vamos nos separar. Vocês têm pela frente uma promissora turnê nos Estados Unidos. Eu vou pegar o navio...

E, se não fosse Virgil Thompson, é o que eu teria feito. Crítico teatral, Virgil Thompson não costuma escrever sobre artistas do *music hall*. Dedicou-me, porém, na primeira página de um dos maiores jornais de Nova York, um artigo de duas colunas que foi para mim o estímulo que faltava. Porque, embora hoje eu consiga falar desses fatos com certa filosofia — sobretudo porque depois disso a América me proporcionou várias compensações —, confesso que meu primeiro contato com Nova York foi uma catástrofe e que, pela primeira vez na minha carreira, cheguei a duvidar de mim. Desesperada, só desejava voltar logo para Paris, para os meus amigos e para as platéias que me aplaudiam. O artigo de Virgil Thompson devolveu-me a confiança. Concluía dizendo que, se o público norte-americano me deixasse voltar para Europa depois do fracasso imerecido, ele estaria dando provas de incompetência e estupidez.

Com o artigo de Virgil Thompson na pasta, meu agente norte-americano, Clifford Fischer, foi falar com os diretores do Versailles, um dos cabarés mais elegantes de Manhattan. Convenceu-os a me darem uma oportunidade.

— Quando as pessoas se acostumarem com o vestidinho preto — disse ele —, quando compreenderem que uma parisiense não vive necessariamente com chapéu de plumas e vestido de cauda, vão correr para vê-la. E, se ela der prejuízo, eu cubro a diferença!

Clifford Fischer não teve de pagar nenhum prejuízo ao Versailles.

Meu inglês tinha melhorado, eu suprimira as desagradáveis introduções do mestre-de-cerimônias, e o público, já mais bem informado, ia ver uma cantora e não um manequim. Os mal-entendidos terminaram. Saí do palco sob muitos aplausos, e o contrato inicial de oito dias no Versailles transformou-se numa temporada de doze semanas seguidas.

Desde então, fui várias vezes aos Estados Unidos, voltei ao Versailles e cantei também em Hollywood, Miami, Boston, Washington e em outros locais, antes de fazer – suprema consagração – um recital no Carnegie Hall, o templo norte-americano da música. Pena que Clifford Fischer, prematuramente levado de nosso convívio, não tenha presenciado esse momento!

Minhas canções são hoje tão populares nos Estados Unidos como na França. Os vendedores de jornais da Broadway assobiam "Hymne à l'amour" e "La vie en rose"; na rua os fãs pedem autógrafos de "Miss Idiss". "Le petit homme", numa admirável adaptação de Rick French, conquistou a América, como muitas outras letras minhas, e, numa manhã gelada de 1º de janeiro, cantei "L'accordéoniste" diante da estátua da Liberdade, a pedido dos alunos da Universidade de Columbia.

Os Estados Unidos não me aceitaram de imediato, mas há muito tempo não posso reclamar daquele país.

No início deve ter havido, entre nós, incompreensão mútua.

O que me leva a falar... de minha viagem à Grécia.

Não reclamem! As lembranças vêm assim, ao acaso. É preciso agarrá-las quando aparecem.

As que eu trouxe da Grécia teriam evitado muitos aborrecimentos se eu tivesse pensado nelas antes de ir aos Estados Unidos. Lembraria que é sempre mais difícil conquistar um espaço no estrangeiro, que isso tem de ser preparado com antecedência e que, como

gostos e hábitos variam de um país para outro, convém se informar antes de partir e não deixar para descobrir tudo já no local.
Cheguei à Grécia no momento errado. Em pleno plebiscito. As pessoas iam ao espetáculo, mas estavam pensando em outra coisa. Desde a noite de estréia, em Atenas, percebi que minhas canções pouco interessavam ao público. Fiz de conta que não tinha percebido, mas senti o baque.
Depois de três dias, percebendo que tinha cometido um erro, fui falar com o diretor.
– Nós dois nos enganamos – disse-lhe. – O senhor, a meu respeito. Eu, a respeito dos gregos. Eles não querem me ouvir. Não vale a pena insistir. Libere-me do contrato e continuamos bons amigos!
Ao contrário do que eu esperava, minha proposta não lhe foi nem um pouco atraente.
– O erro – respondeu-me – seria deixá-la ir embora agora. O pior já passou. Meus espectadores ficaram um pouco surpresos com suas canções, bem diferentes daquelas a que estão acostumados, e também com seu estilo, que não tem nada a ver com o das cantoras daqui, mas estão começando a se habituar. Se de fato não tivessem gostado, teriam se manifestado logo na primeira noite. Não a teriam deixado continuar no palco. Agüente um pouco! Daqui a oito dias, vão aplaudi-la de pé!
Eu duvidava muito, mas, como não tinha nada a perder e sou curiosa, não teimei em anular o contrato. No final, constatei que ele estava com a razão. Minhas canções, as mesmas que no início esbarravam num silêncio indiferente e até hostil, começaram a ser aplaudidas. Um elo de simpatia se estabelecera entre a platéia e aquela que o diretor chamava gentilmente de "cantora de bolso", e retornei de Atenas com belas recordações.
Recordações pitorescas também. Eu cantava ao ar livre, num cinema, onde era projetado meu filme *Étoiles sans lumière* [Estrelas sem luz]. De dois em dois minutos passava um bonde na rua,

fazendo um barulho infernal. Eu nem ouvia o que estava cantando. Reclamei, furiosa, com o diretor.
– Francamente – disse ele – não entendo por que toda essa fúria. O bonde? Eles nem o ouvem. Estão encantados e aplaudem até ficar com as mãos doendo. O que mais você quer?

Outra lembrança de viagem: Estocolmo, onde, na segunda parte do espetáculo, eu fazia uma espécie de recital com os Compagnons de la Chanson.

Um público de primeira, acolhedor e disposto a mostrar sua satisfação. Só houve um problema: ao entrar no palco, vejo que metade dos espectadores sai sem nem olhar para mim. Levantam-se das poltronas e vão calmamente embora.

Ao terminar o programa, falei de minha surpresa ao diretor.
– A culpa é sua – explicou ele. – Exigiu ser o último número do programa. Ora, na Suécia, a estrela principal se apresenta no meio do espetáculo, que costuma terminar com um artista menos importante, que ninguém está tão interessado em ouvir...

A ordem foi mudada no dia seguinte, em desfavor de um número que passou a ser apresentado enquanto o público deixava a sala, e eu retomei com os Compagnons de la Chanson o sucesso que nos fora recusado na véspera. Na última noite, um espectador subiu ao palco para me oferecer um buquê em forma de coração, todo de flores azuis, brancas e vermelhas, e com uma faixa tricolor. Colocou-a em volta do meu pescoço, enquanto a platéia, de pé, gritava "Viva a França!" e a orquestra tocava a Marselhesa.

Já imagino o sorriso dos céticos. Mas, quando se acaba de cantar num país estrangeiro, em seu próprio idioma, e de repente, sem avisar, penduram em seu pescoço um coração azul-branco-vermelho, não há como não ficar comovido.

Coitado de quem, no meu lugar, não tivesse chorado.
Porque eu chorei, como bem podem imaginar.

X

Tous mes rêves passés
Sont bien loin derrière moi,
Mais la réalité
Marche au pas devant moi...*
"TOUS MES RÊVES PASSÉS"
Édith Piaf, 1953

Fiz, como já disse, várias viagens e passei longos períodos nos Estados Unidos. Existem lá muitas casas de espetáculo cujos bastidores me são tão familiares como os do Olympia, que voltou a ser, sob a hábil direção de meu dinâmico amigo Bruno Coquatrix, um dos primeiros *music halls* do mundo. Mas, seja qual for o prazer sentido ao passar por outros palcos norte-americanos, creio que sempre terei pelo Versailles uma afeição especial.

Porque foi nele, repito, que entendi que, ao contrário do que pensava, e com uma pequena ajuda, eu poderia ganhar o coração daquele público nova-iorquino que eu não conquistara de imediato. Quando eu jogo é para valer. Ao atravessar o Atlântico pela primeira vez, eu estava meio brigada com a velha Europa, onde me desfizera até do apartamento que ocupava na rua de Berri. Os diretores sabiam que eu ia, senão sem esperança de voltar, ao menos para passar vários meses e que tão cedo não poderiam contar comigo para compor seus programas. Foi aí que fiz em Nova

---
* "Todos os meus antigos sonhos/ Ficaram bem lá atrás,/ Mas a realidade/ Caminha firme na minha frente..." (N. de T.)

York minhas primeiras apresentações, como já contei. E elas não saíram como eu esperava.

Quando me falaram do Versailles, hesitei. É bem verdade que gosto de desafios, não fujo da briga e a dificuldade me incentiva. Mas também tenho meus momentos de desânimo; já tinha praticamente decidido voltar para a França e, supersticiosa, não estava entusiasmada com a idéia de cantar num cabaré cujo nome não me parecia de bom augúrio. Versailles evocava para mim uma das piores lembranças de minha existência.

Uma das noites mais terríveis...

Já faz muito tempo, mas ainda não me esqueci. Vou contar como foi essa noite.

Foi na época em que, com apenas 16 anos, eu dirigia uma trupe, se é que se pode dizer que três pessoas formam uma trupe. Não é aquela de que falei anteriormente, e sim outra, que eu formara com dois colegas, Raymond e Rosalie. Nos nossos cartazes manuscritos e de ortografia capenga, éramos: "Zizi, Zozette e Zozou, num só ato" e nosso modo de trabalhar era o que já expus. Numa tarde de inverno, famintos como de costume, chegamos a Versailles, onde o coronel que conhecera meu pai nos dera autorização para apresentar nosso espetáculo no refeitório, depois da sopa. Como tínhamos de esperar duas horas, fomos ao Hôtel de l'Éspérance, explicamos que éramos "artistas", mostramos o papel provando que à noite íamos representar, reservamos os quartos e pedimos uma copiosa refeição, a crédito, que devoramos com o imenso apetite de quem não sabe quando terá outra oportunidade igual. Depois disso, de estômago forrado e mente tranqüila, fomos para o quartel. Decepção! Sala vazia. Aguardamos, os minutos passavam e, depois de uma longa espera, compreendemos: os espectadores não viriam, não haveria espetáculo!

O mais complicado era nossa situação financeira. Não tínhamos um tostão. Impossível voltar a Paris de trem. Ir a pé? Pensamos nisso. Mas estávamos tremendo de frio e ficamos com medo de enfrentar a longa caminhada noturna com aquela temperatura gelada. Restava-nos um recurso: pedir aos guardas que nos dessem abrigo por aquela noite.

E chegamos à delegacia dez minutos depois de o dono do hotel ter prestado queixa contra nós! Fomos acusados de sair sem pagar a conta.

Por isso, passamos a noite na delegacia. A trupe dormiu, mas a diretora não. Eu estava muito preocupada e não conseguia pegar no sono. Meu pai, que eu deixara fazia meses, estava à minha procura, eu não tinha documentos de identidade, estava praticamente em estado de vadiagem, só podia esperar pelo pior. Já me via presa numa casa correcional até minha maioridade, de cabeça raspada, uniforme cinzento e tratada de acordo com meu merecimento! Foi uma noite pavorosa.

Por sorte, o delegado era boa pessoa. Contei-lhe a história. Nosso único erro tinha sido gastar, adiantado, aquilo que deveríamos receber mais tarde e que falhou. Tínhamos agido de boa-fé. Nossos rostos encovados, as olheiras, a roupa miserável e os sapatos remendados também eram eloqüentes. Ele teve pena. A seu pedido, o dono do hotel retirou a queixa. Estávamos livres!

À noite, apresentamos um espetáculo no campo de Satory. A receita, magnífica e inesperada, chegou a trezentos francos. No dia seguinte, paguei ao hotel o que devíamos...

Apesar dessa recordação, que, por mais estúpida que pareça, retardou minha decisão, acabei aceitando o programa no Versailles. Já contei o que sucedeu nessa casa.

A partir de então, o Versailles é tradicionalmente minha primeira escala de viagem nos Estados Unidos. É lá que gosto de retomar contato com o público norte-americano, que procuro a confirmação de que ele guarda pela "Idiss" a amizade de que o artista sincero precisa para se comunicar com quem o ouve e dar o melhor de si. Situado não propriamente na Broadway, mas bem perto dali, próximo do Waldorf-Astoria e quase ao lado da Radio-City, o luxuoso e gigantesco cinema do qual Nova York se orgulha a justo título, o Versailles é restaurante e boate. Uma centena de mesas, todas ocupadas por pessoas cujo nome figura no *Social Register*, gente da alta-roda, os chamados *VIP*. O ambiente é suntuoso, rococó, e a fama da casa vem dos preços elevados: um filé mignon custa seis dólares e meio, e a garrafa de champanhe, 16 dólares. Imaginem!

O palco foi alteado por minha causa, para que eu pudesse ser vista de todos os lugares, e sempre fico nervosa quando as pesadas cortinas verde-escuro se abrem. Retomo a calma no momento seguinte, quando cessam os aplausos com que me recebem e se faz silêncio na sala.

Agradeço esse silêncio que os amigos norte-americanos me concedem. Não digam que é normal. Aliás, é bastante raro...

No dia seguinte à minha estréia no Versailles, o jornalista Nerin E. Gun escreveu:

> O que surpreende é o silêncio a partir do momento em que anunciam Édith Piaf. Os norte-americanos raramente aceitam ficar calados durante um espetáculo e muito menos não pedir bebidas. No entanto, o bar pára de servir e as pessoas ouvem, atentas. Édith Piaf aparece, minúscula, num vestido de tafetá preto. Seu inglês é compreensível e engraçado. Gritos de admiração ecoam de tempos em tempos, algumas canções são bisadas, moças arrebatadas sobem nas mesas e no final os aplausos são prolongados, na esperança de obrigar Édith Piaf a cantar mais uma.

No mesmo artigo, analisando os motivos de meu sucesso, Nerin E. Gun cita as palavras de um político, seu vizinho de mesa:

Até agora nos mostravam, vindas da França, estrelas sofisticadas, à imagem da alegre Paris, desejosas de exibir seu charme. Édith Piaf é outra coisa. Uma grande artista, cuja voz pega a gente e, ao mesmo tempo, uma meninota pálida, que parece ter passado fome, ter sofrido quando criança e sempre com um pouco de medo. É como a encarnação da nova geração européia, a que temos de ajudar...

O público norte-americano, a julgar por minha experiência pessoal, não é tão diferente do nosso. Exigente, sem dúvida, porque a indústria do espetáculo chegou, no outro lado do Atlântico, a um raro grau de perfeição, mas compreensível e sensível aos esforços de quem quer agradá-lo. Balbucie algumas palavras em inglês, cante uma canção nessa língua e, mesmo que seu sotaque seja, como eles dizem, de "cortar com faca", ele vai agradecer a atenção. Suas reações são por vezes ríspidas, mas ele não esconde o entusiasmo e, quando gosta de um artista, gosta de verdade e sabe demonstrar isso.

Em poucos minutos, o norte-americano que acabou de lhe ser apresentado já o trata por "você". No início, a gente estranha, mas se acostuma... e logo percebe que ele pronuncia o nome com carinho. Ele o trata como amigo e, se puder, vai fazer algo que lhe agrade.

É claro que ele vive apressado. Mas chega sempre na hora para os encontros, qualidade que aprecio e que me falta, e cumpre suas promessas. Tem espírito prático, não gasta tempo sonhando, mas há horas em que é sentimental, com um lado "meninão" que me parece muitíssimo simpático.

Quanto à sua gentileza, é real e, por mais surpreendente que pareça, combina muito bem com as exigências da "luta pela vida" que impera por lá em todos os níveis da escala social. Quero contar a esse respeito uma bela história de que me lembrei.

Eu estava em Hollywood. De manhã, toca o telefone. Era uma estrela, e das importantes, que me convidava para assistir naquela noite a uma estréia num *music hall* de Los Angeles. Eu tinha outros planos. Comecei a explicar.

— É que...

Ela não me deixou continuar.

— Você não pode recusar, Édith! Trata-se de...

E disse o nome de uma grande artista de cinema, de primeira linha, mas já esquecida, porque havia anos não filmava. Tendo perdido o antigo esplendor, às voltas com dificuldades materiais, J. S. (não adianta querer saber quem era, mudei as iniciais) tinha conseguido, como por milagre, o contrato com o qual já não contava: sete dias num *music hall* de Los Angeles.

— E a gente sabe — prosseguiu ela — que, se tiver sucesso nesta noite, amanhã ela vai receber um contrato para uma turnê de 52 semanas pelos Estados Unidos. Então decidimos que ela vai fazer um sucesso daqueles...

À noite, eu estava no teatro. Não faltava um artista. Vi Joan Crawford, Spencer Tracy, Elizabeth Taylor, Bette Davis, Maureen O'Hara, Humphrey Bogart, Cary Grant, Bing Crosby, Betty Hutton, Gary Cooper e muitos outros. J. S. entrou, saudada por uma verdadeira ovação, que não parava mais. Depois que terminou, foi chamada ao palco dez ou quinze vezes, não deu para contar.

E, dois dias depois, J. S. assinava o contrato que a tirou da miséria.

Temos, na França, o costume de gestos de solidariedade. Nesse assunto, como em muitos outros, nossos astros não têm muito a aprender com os colegas norte-americanos.

Mas essa história era bonita demais para que eu a guardasse só para mim!

Se, após meu primeiro contato com o público de Nova York, quase me deixei levar pelo desânimo e pensei em fazer as malas, a grande culpa foi de um francês que não vou nomear — e esse é seu castigo, porque ele adora todo tipo de publicidade.

Morando nos Estados Unidos havia tempos, ele me recebera de braços abertos, encantado de me ver e de me mostrar Nova York. Depois da minha estréia, contava com ele para recuperar o ânimo. Como a gente se engana! Ainda o ouço dizer:

— Era previsível, pobre Édith! O norte-americano não quer ver as coisas feias da vida. Ele é otimista. Você vem com músicas dramáticas e o faz chorar, e ele vai a um espetáculo para se divertir, esquecer essa civilização de ferro que o esmaga! Com duas ou três canções mais leves, você "teria agarrado" o público. Por que você foi se meter numa aventura dessas?

E ele continuou nesse tom, sem perceber que me torturava e tirava a pouca energia que me restava. Marie Dubas não pode imaginar quanto, entre lágrimas, eu invejei seu talento naquela ocasião. Se ao menos eu soubesse sapatear um pouquinho!

As palavras de consolo que me faltavam foram ditas por outras pessoas. E quero citar aqui minha grande amiga Marlene Dietrich.

Marlene gosta da França e demonstrou isso nas horas mais sombrias da guerra: foi a fada boa de muitos artistas franceses que desembarcaram nos Estados Unidos. Foi, para mim, de uma dedicação incomparável. Viu que eu estava preocupada, aborrecida, atormentada, quase vencida. Grudou em mim, procurando não me deixar sozinha nem um minuto com minha tristeza e me preparando para novas batalhas; se consegui vencê-las, foi porque ela insistiu, enquanto eu já nem tentava mais. Sou-lhe profundamente grata[1].

---

1. A amizade existente entre Édith Piaf e Marlene Dietrich não era de fachada nem passageira, como tantas que existem nesse meio onde todos zelam muito pela própria

Não preciso nem falar de seu talento arrebatador e de sua beleza cintilante. É a grande dama do cinema, a insubstituível Marlene. Mas quero falar de sua extraordinária inteligência, e considero-a a artista mais consciente que conheci. Nos ensaios, ela tem uma calma maravilhosa, é paciente e aplicada. Dá o exemplo e exige perfeição. Embora, graças à sua personalidade excepcional, pudesse dar pouca importância aos ensaios, ela reconhece o valor dessa humilde repetição, por falta da qual gente com grandes dotes não consegue vencer.

De uma simplicidade incrível, possui, além do mais, um grande senso de humor. Lembro-me de um dia em que ela estava em meu camarim, no Versailles, enquanto eu trocava de roupa. Vários espectadores bateram à porta. Ela abria e, passando a cabeça pela fresta, dizia:

— O senhor deseja alguma coisa? Sou a secretária da sra. Édith Piaf...

As pessoas a olhavam, pasmas, sem saber se estavam sonhando. A brincadeira durou um bom tempo. Só parou quando Marlene foi "apanhada" por um senhor que, cordialmente e sem sorrir, respondeu:

— Ah! Eu não sabia. Com certeza, então, foi Maurice Chevalier que a sra. Édith Piaf contratou como motorista?

O tal senhor era, de fato, meu velho amigo e jornalista Robert Bré, que nasceu em Belleville, onde é raro alguém não ter uma boa resposta.

Com o que certamente Maurice Chevalier há de concordar.

---

imagem. Tinham uma afeição profunda e um grande entendimento nunca desmentido. Além da medalha de santa Teresinha de Lisieux, Édith não se separava de uma cruzinha incrustada de sete esmeraldas que ganhara daquela que seria a madrinha de seu primeiro casamento. Há também uma comovente foto de Marlene Dietrich, com o rosto vincado pela tristeza, durante o enterro da amiga Édith.

XI

> *Un refrain courait dans la rue,*
> *Bousculant les passants.*
> *Il s'faufilait dans la cohue*
> *D'un p'tit air engageant...**
> "UN REFRAIN COURAIT DANS LA RUE"
> Édith Piaf e R. Chauvigny, 1947

Foi em Hollywood que conheci Charlie Chaplin. Não no estúdio, mas no cabaré. Ele veio me ouvir, e foi um dos grandes momentos da minha vida.

Não que tenha ocorrido algo de excepcional naquela noite. Mas cantar diante de Charlie Chaplin era para mim a realização de um sonho meio distante, desses que a gente guarda durante anos sem perceber e que, quando se tornam realidade, causam imensa alegria. Quando vieram me dizer que Chaplin — que eu sabia que não gostava de sair e nunca pisava num *nightclub* — estava na platéia, bem perto do palco, entendi que aquela era a noite de uma consagração que eu, mesmo sem ter me dado conta, sempre desejara.

É estranho, mas naquela noite não fiquei nervosa. Nunca tinha falado com Charlie Chaplin, mas tinha visto e revisto seus filmes, e isso bastava para me acalmar. Ia cantar diante de um artista indiscutivelmente genial, um mestre cuja obra permanecerá como

---
* "Um refrão corria pela rua,/ Atropelando os passantes./ E rodopiava por entre a multidão/ Com um jeito convidativo..." (N. de T.)

um dos mais nobres monumentos da mente humana, mas também um homem de imenso coração, sensível à infelicidade dos humildes, benévolo com os fracos e desprotegidos. Se ele tinha vindo me ouvir, não seria para me criticar, mas para me compreender, e eu nada tinha a temer. Ele vinha como amigo. Ora, de um amigo não se tem medo. Minha voz podia não lhe agradar, mas nossos corações se reconheceriam.

Cantei para ele e talvez nunca tenha cantado como naquela noite. Assim mesmo, senti uma certa impotência. Como expressar tudo que tinha vontade de lhe oferecer? Fiz o máximo que pude. Tentei me superar. Era meu modo de agradecer todas as emoções que eu lhe devia — e ainda devo — e de dizer: "Sabe, Charlie, aquele que você chama de 'o homenzinho', eu o conheço e sei por que você gosta dele. Ele me faz rir, porque você quer assim, mas não me deixo enganar pelo riso: as lágrimas não tardam a aparecer. Ele deu a mim, como a muita gente, lições de coragem e de esperança, e talvez seja por isso que estou tão feliz por cantar minhas canções para você!".

Após o espetáculo, conversamos. Minto. Ele falou comigo. Disse que eu o tocara no fundo do seu ser e que ele chorara, coisa que raramente lhe acontecia ao ouvir uma cantora. Magnífico elogio, não? Melhor do que tudo que eu podia esperar. Pois bem, escutei-o sem conseguir dizer o quanto aquilo me era precioso, já que vinha dele. Ah! fui uma lástima! Corei e, como resposta, gaguejei qualquer coisa.

Depois da saída do grande artista, fiquei furiosa comigo. Que idiota! Charlie Chaplin, um homem que eu admirava havia anos, um autêntico gênio, me fazia elogios que me enchiam de alegria e de orgulho, e eu não encontrava uma palavra para expressar minha gratidão!

Imaginem, então, meu susto quando, pela manhã, recebo um telefonema de Chaplin! Convidava-me para ir visitá-lo no dia seguinte, em sua propriedade de Beverly Hills.

Gosto de ficar na cama, como todos que, por profissão, se deitam quando nasce o dia, e não sou muito vaidosa. Nesse dia, esqueci meus hábitos. Charlie Chaplin me esperava à tarde. Às sete da manhã, eu já estava de pé! E prendi o cabelo! Experimentei vários vestidos! Escolhi um chapéu!

Nem parecia eu.

E fui à casa dele. Horas inesquecíveis. Lá estavam alguns amigos, mas eu só tinha olhos para ele. Charlie é o homem mais simples que conheço, e sua conversa cativa. Fala com voz suave, e seus gestos são comedidos e meio tímidos. Depois de me pôr à vontade, lembrando que ele começara pelo *music hall*, na célebre trupe cômica de Fred Karno, bem antes de pensar em cinema, falou muito sobre a França, de que tanto gosta.

— E não só — acrescentou, sorrindo — porque os franceses sempre compreenderam melhor meus filmes que os norte-americanos! Gosto da França porque é o país da doçura e da liberdade.

Depois, tocou ao violino, com enorme talento, algumas de suas composições. Despedi-me dele, feliz de ter estado lá, e mais ainda por ver que ele era exatamente como eu o imaginava através do "homenzinho".

— Édith — disse quando eu entrava no carro —, um dia vou escrever uma canção para você, letra e música.

Tenho certeza de que Charlie Chaplin vai cumprir a promessa.

E que a canção será linda.

Se não fui esfuziante no primeiro encontro com Charlie Chaplin, também dei mostras de timidez no dia em que tive a grande honra de ser apresentada àquela que se tornaria rainha da Inglaterra: a princesa Elizabeth.

De visita a Paris, a princesa demonstrara o desejo de me ouvir. E num domingo à noite, após o último número do A.B.C., onde eu me apresentava naquela época, vi-me interpretando meu repertório no cabaré mais seleto dos Champs-Élysées e diante da mais restrita platéia: a princesa e algumas pessoas que a acompanhavam.

Eu estava emocionada. Fiquei mais ainda quando, após a última música, um jovem oficial veio me buscar para me conduzir até a mesa da princesa. Fui atrás dele, de pernas bambas e cabeça meio tonta. Como se deve dirigir a palavra a uma princesa? É para dizer "princesa", "senhora" ou o quê? E a reverência? Eu tinha de fazer? E como me sairia nisso tudo? Tinha a impressão de que o protocolo ficaria bem capenga naquele momento. Não estava segura...

Como cumprimentei? Não tenho a mínima lembrança. Só espero que o chefe do cerimonial não tenha visto. Cheguei a fazer uma genuflexão? É possível. A única coisa que sei é que, falando comigo em ótimo francês, a princesa me convidou a sentar ao seu lado e me disse muitas gentilezas, com uma simplicidade que me deixou confusa.

Confusa e, é claro, estúpida. Porque também nessa ocasião, embora eu tenha a língua solta como todos os meus amigos podem confirmar, não consegui dizer nada!

Escutava, encantada, e dizia:

— Sabe, hoje estou muito cansada... Aos domingos, o A.B.C. tem duas matinês e uma sessão à noite já imaginou?

A princesa sorria. Então me tranqüilizava com uma frase, e eu voltava à carga:

— Está bem, mas a senhora precisa me ouvir no dia em que eu não tiver duas matinês! Quarenta e duas músicas entre as três da tarde e a meia-noite, é fogo!

Não sei quanto tempo fiquei à mesa da futura soberana, mas sei que só falei das duas matinês.

Tive mais sorte — não se vive apenas de infortúnios — com o general Eisenhower, à cuja mesa fui convidada meses antes de ele se tornar presidente dos Estados Unidos.

O general pediu-me que cantasse "Autumn leaves" na versão original francesa, isto é, "Les feuilles mortes" ["As folhas mortas"], e passamos a noite cantando... velhas canções francesas.

— Conhece esta?

— E esta?

E devo confessar que o general, que viveu alguns anos em Paris — anos que ele considera os mais felizes de sua vida —, cantou vários estribilhos do folclore que eu não conhecia!

Já que estou relembrando personalidades eminentes com quem tive contato, quero falar de alguém que não só admiro, mas a quem devo gratidão e afeto: Sacha Guitry.

Foi graças a meus "prisioneiros", meus afilhados do Stalag IV D, que conheci o ilustre autor-ator em circunstâncias que me permitiram apreciar a fecundidade de seu talento inventivo e a inesgotável generosidade de seu coração.

Quando as autoridades da França ocupada me contataram, como a tantos outros, para fazer espetáculos na Alemanha, minha primeira reação, instintiva, foi de recusa. Contudo, depois de muito pensar, e com uma ideiazinha na cabeça, aceitei. Cantar canções francesas para rapazes que viviam nos campos de prisioneiros alemães era levar-lhes reconforto moral e alguns momentos de alegria e de esquecimento. Eu não podia privá-los disso. Mas havia ainda outra coisa! Significava também entrar nos campos, e entrar com bagagens de artistas, volumosas, que eram revistadas de modo muito superficial. Ora, tudo faltava para aqueles que, do outro lado do arame farpado, sonhavam em escapar. Era uma oportunidade de ajudar alguns deles a preparar a fuga, e eu não podia perdê-la.

Logo, cantei para os prisioneiros por diversas vezes. Eles me aplaudiam muito e, depois de cada apresentação, rodeada por todos numa grande algazarra, eu distribuía autógrafos, cigarros e pequenos presentes, menos lícitos, mas bem mais preciosos: bússolas, mapas e também documentos falsos que pareciam perfeitamente legítimos[1].

Madrinha do Stalag IV D, soube um dia — em junho de 1944 —, por uma carta de um de meus afilhados, que o campo tinha sido bombardeado. Cinqüenta mortos. Logo, cinqüenta famílias que não iriam rever seus prisioneiros e que estavam na miséria. Poderia eu "fazer alguma coisa"? Era a pergunta do soldado, e a mesma que eu me fazia. Sem encontrar resposta. Um espetáculo beneficente? Claro. Tive logo essa idéia, mas eu acabara de fazer uma longa temporada em Paris, já tinham me visto e revisto. Atrairia pouco público, e a receita não cobriria a grande quantia necessária.

Eu pensava, pensava...

---

1. Andrée Bigard, secretária particular de Édith Piaf, também foi uma autêntica resistente, membro de uma rede ativa e bem organizada. A artimanha usada, no momento dos espetáculos da cantora nos campos de prisioneiros da Alemanha, consistia em Édith — comovida pela receptividade dos soldados — pedir para ser fotografada com eles. De volta à França, Andrée Bigard mandava os filmes para os fotógrafos da rede, que, à custa de um trabalho de ourives, isolavam cada rosto e faziam fotos de identidade de qualidade profissional; a partir delas, os gráficos da rede imprimiam documentos falsos muito aceitáveis. Meses depois, Édith pedia para voltar a cantar para os prisioneiros que tanto a emocionaram, e os falsos documentos passavam por todos os controles, escondidos no meio de seus objetos de uso pessoal, que ninguém revistava. A jogada estava feita. Aí, era só fazer a distribuição, junto com os presentes de praxe. No momento da Libertação, muitos artistas que mostraram simpatia pelos ocupantes, que cantaram várias vezes na Alemanha ou atuaram em filmes financiados pela propaganda, foram julgados pelo Comitê que investigava artistas colaboradores e quase sempre condenados a períodos mais ou menos longos de suspensão profissional, o que acabou com a carreira de vários deles. Convocada, como tantos outros, diante desse tribunal, cujas sentenças não tinham apelação, Édith não deu importância ao fato, nem mesmo se desculpou por ter ela própria proposto várias vezes ir cantar na Alemanha. Felizmente, a fiel Andrée Bigard apresentou todas as provas e depoimentos desejados. Diante dos argumentos irrefutáveis, o veredito do Comitê foi: "Nenhuma sanção e felicitações".

De repente, cedendo a um impulso, peguei o telefone e liguei para Sacha Guitry. Não tinha idéia do que lhe diria ou pediria, mas tinha a convicção absoluta de que era o único capaz de resolver o problema cuja solução me escapava.

Sacha veio ao telefone. E eu não achava as palavras!

— Há dois minutos, mestre, eu estava cheia de coragem e agora já não sei...

Ele me tranqüilizou, e eu, mais animada, consegui explicar do que se tratava: os prisioneiros, o bombardeio, o espetáculo beneficente...

O mais difícil ainda não fora dito.

— Infelizmente, sozinha, não vou atrair multidões. Ora, é preciso arrecadar dinheiro, muito dinheiro. Queria perguntar, mestre, se consente em me emprestar seu nome. Se estiver no cartaz, o resultado vai ser formidável...

— Esse espetáculo, onde você pensa fazer?

Sacha Guitry fez a pergunta gentilmente, com a simpatia de sua voz calorosa, mas percebi de repente, angustiada, o absurdo do meu pedido. Não se solicita ao mais importante artista do momento que compareça ao palco de um cabaré!

No entanto, era preciso responder. Foi o que fiz.

— Estou cantando atualmente no Beaulieu. Então pensei...

Não conseguia dizer mais nada. Sacha Guitry, que deve ter percebido minha dificuldade, mostrou-se caridoso.

— Sabe que nunca trabalhei num cabaré? Vai ser minha estréia. E é sério, uma estréia! Pode me dar 24 horas para eu pensar, e me telefonar amanhã?

Desliguei com um suspiro de alívio. Ele tivera a cortesia de me poupar, mas era evidente: há coisas que não se pedem a um Sacha Guitry. Mas, no dia seguinte, ao ligar, ouvi frases que me faziam duvidar do que ouvia. Nem conseguia acreditar, parecia bom demais, e que Sacha Guitry iria aceitar!

— Senhorita — diz ele —, talvez eu possa fazer alguma coisa. Mas, antes de lhe dizer o que estou pensando, gostaria de conhecer o cabaré. É possível?

Fiquei surpresa e muito alegre.

— É claro, mestre! Quando quiser...

— Então vamos agora.

Momentos depois, encontrávamo-nos no Beaulieu. Sacha Guitry examinou a sala, o palco, fez perguntas ao eletricista e, bastante satisfeito com a visita, pareceu-me, perguntou se eu tinha tempo para ir até a casa dele. Aceitei com entusiasmo.

E lá estava eu na imensa sala de trabalho do mestre, em seu palacete da avenida Élysée-Reclus. Afundada numa enorme poltrona. Sacha Guitry sentou-se a uma mesa espaçosa, sobre a qual havia grandes caixas de papelão vermelho, contendo soldados de chumbo e mãos de mármore, executadas, eu acho, a partir de moldes de Rodin. E, naquela voz incomparável, que parecia dar às palavras pronunciadas por ele um valor novo, falou do espetáculo beneficente, cujo sucesso o interessava tanto quanto a mim.

— Vamos fazer algo inédito — disse-me —, mas minha idéia ainda não está pronta. Veremos isso. De qualquer modo, vou dizer alguns poemas da juventude e, talvez, uma outra pequena peça...

Fiquei vermelha como uma pimenta. Balbuciei:

— Então, mestre, aceita?

— Ainda tinha dúvida? Qual a arrecadação que você prevê?

Fiz um cálculo.

— Com seu nome no cartaz, mestre, podemos cobrar dois mil francos pela entrada. Há duzentos lugares...

Sacha Guitry torceu o nariz.

— Quatrocentos mil? É pouco. Mas daremos um jeito...

Que jeito ele deu? Ei-lo...

No meio da apresentação — nem preciso dizer que foi sensacional, a participação de Sacha Guitry no programa atraiu a elite

parisiense –, o ótimo Jean Weber subiu ao palco para anunciar... um leilão.
– "De novo?", perguntarão. Pois é, de novo – prosseguiu Weber. – Mas original, a partir de uma idéia de Sacha Guitry. Original, no sentido em que, neste instante em que lhes falo, não temos nada para leiloar. Nada! Só que Sacha pensou que haveria aqui, nesta noite, mulheres lindas, mulheres felizes, que têm a sorte de ter a seu lado marido, noivo, irmão, pai, e que vieram para mostrar sua solidariedade para com mulheres que, infelizmente, nunca mais verão o marido, o noivo, o irmão ou o pai. E a idéia é que elas não hesitarão em se despojar de suas jóias ou de seus casacos de pele para oferecer um pouco de bem-estar àquelas que não terão mais nada. O leilão, minhas senhoras, vai ser daquilo que as senhoras oferecerem!

Cinco minutos depois, Jean Weber, remexendo no monte de casacos que tinham sido colocados no palco, leiloava uma primeira estola de *vison*. Depois foi um casaco, um colar, uma echarpe... Os lances subiam, subiam, cada um – ou melhor, cada uma – acabando por recuperar a posse de seu próprio bem. Em seguida, Jean Weber anunciou que restava leiloar o "donativo de um senhor", um objeto que não retornaria ao proprietário: era a carteira de Sacha Guitry, na qual havia duas cartas, uma de Lucien Guitry e outra de Octave Mirbeau, e – documento não menos raro – uma foto de Lucien Guitry e de Sacha menino, tirada em São Petersburgo em 1890.

De pé nos bastidores, feliz e quase chorando, assisti a esse último lance mordendo meu lenço. Alguém pousou a mão em meu ombro. Virei a cabeça. Sacha Guitry sorria.

– Quando Jean Weber terminar – disse ele –, vamos todos para o palco; você, na frente, diz, mostrando nosso grupo: "Fizemos o que estava a nosso alcance". Depois, apontando para o público todo, acrescenta: "Mas vocês, vocês fizeram dois milhões! Bravo e obrigada!".

Nunca esquecerei a noite de 11 de julho de 1944.

Louis Gassion, pai de Édith Giovanna Gassion, futura Édith Piaf.

Edith em Bernay com a idade de quatro anos, em 1919.

Sua primeira foto como artista, dedicada a Camille Ribon em 1935.

Com Yves Montand, seu parceiro no filme de Marcel Blistène, *Étoiles sans lumières*, de 1945.

Em sua casa em 1954, numa atitude de "Bravo pour le clown".

1954: Édith escreve uma canção.

Édith volta de Nova York em 7 de maio de 1956.

1954: Édith joga pebolim com seu marido, Jacques Pills.

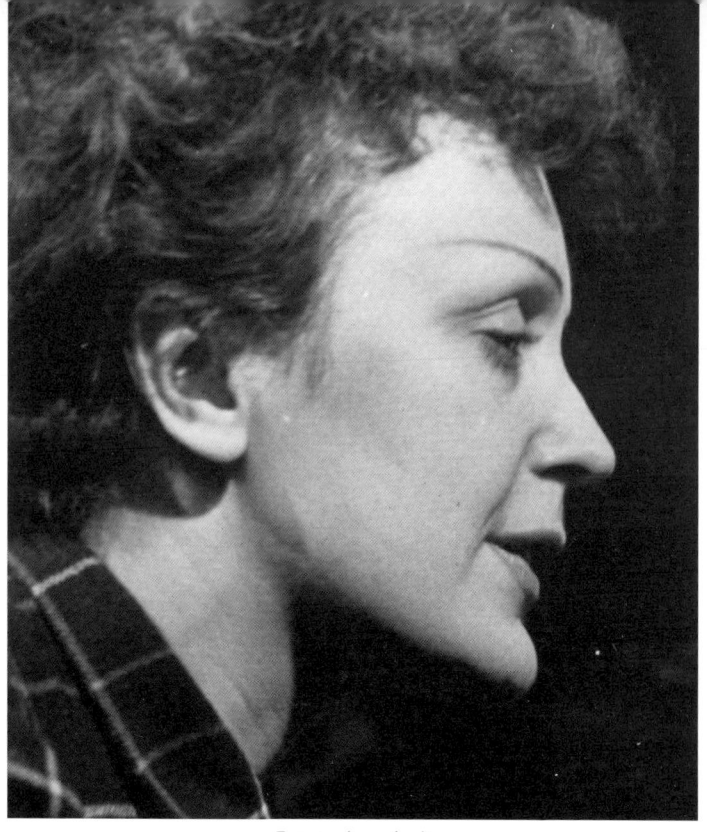

Retrato (sem data).

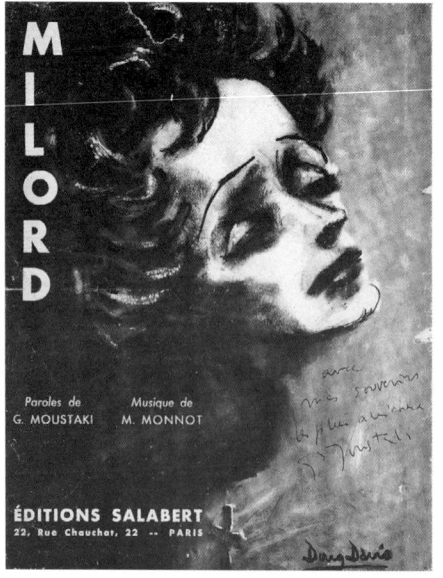

Partitura de "Milord".

Partitura de "Hymne à l'amour".

Olympia, 1958: Dedicatória de seu disco 33 rotações em presença de Mijanou Bardot, irmã de Brigitte.

Partitura de "Mr. Saint Pierre".

Partitura de "Bravo pour le clown".

Partitura de "Les trois cloches".

Com Eddie Constantine e Charles Aznavour durante o programa televisivo de Henri Spade, *Le théâtre de l'XYZ*, em 13 de janeiro de 1951.

Ensaios em 13 janeiro de 1951.

Édith participa de um programa de rádio.

Em companhia de Jean Cocteau durante os ensaios da peça
Le bel indifférent, em 1940.

Diante do retrato pintado por seu marido, o cantor Jacques Pills.

Último olhar no espelho antes de enfrentar o público.

Partituras e capas de discos 45 rotações.

FILLE QUI PLEURAIT DANS LA RUE • LES AMANTS • C'EST PEUT-ÊTRE ÇA

45 rotações, em companhia de Charles Dumont.

Partitura de "Non, je ne regrette rien"

Diversas partituras.

45 rotações, em companhia de Théo Sarapo.

Capa do disco da Môme Piaf,
78 rotações da Polydor.

Durante um programa de rádio, em 1951.

Chegada a Orly em 7 de maio de 1956, com Marcel Blistène, Jacques Bourgeat, Jacques Pills, Bruno Coquatrix e Félix Marten.

Orly, em 7 maio de 1956, com Félix Martin e Rachel Breton, editora chamada de "marquesa".

Olympia, 1961: um retorno milagroso...

As fotos deste caderno foram fornecidas pela associação Les Amis d'Édith Piaf, à qual agradecemos.

XII

> *Car tout était miraculeux,*
> *L'églis' chantait rien que pour eux*
> *Et mêm' le pauvre était heureux!*
> *C'est l'amour qui f'sait sa tournée*
> *Et de là-haut, à tout' volée,*
> *Les cloch's criaient: "Viv' la mariée".**
>
> "Mariage"
> H. Contet e M. Monnot, 1946

Foi em 1939, talvez mesmo em 1938, que encontrei Jacques Pills pela primeira vez. Tinha ouvido falar muito dele, pois já era um astro, mas nunca tínhamos sido apresentados. Cantávamos em Bruxelas no mesmo programa. Meu nome, ainda pouco conhecido, aparecia no cartaz em letras microscópicas, quase do mesmo tamanho que o da gráfica, ao passo que o dele estava escrito em letras enormes e gordas, junto com o de Georges Tabet, seu parceiro.

Pills e Tabet eram os duetistas do momento. Criadores de inúmeras canções que se tornaram populares, como, entre outros sucessos, o belo "Couché dans le foin" ["Deitado no feno"], de Mireille e Jean Nohain, eles percorreram os Estados Unidos, *from coast to coast*, do Atlântico ao Pacífico, e eram muito bem pagos em

---

* "Pois tudo parecia um milagre,/ A igreja cantava só para eles/ E até o pobre estava feliz!/ Era o amor que passava por lá/ E do alto, com toda a força,/ Os sinos gritavam: 'Viva a noiva!'." (N. de T.)

qualquer lugar, enquanto minha modesta reputação ainda não tinha atravessado as fronteiras. Era normal, portanto, que toda a publicidade do espetáculo fosse a respeito deles. Hoje penso assim. Mas, na época, achava estranho e injusto. Vivia dizendo isso nos bastidores, com a esperança de que chegasse aos ouvidos dos interessados, o que acabou acontecendo, e, para enfatizar meu desagrado, todas as noites fazia um pequeno gesto, sem espalhafato, mas que valia como vingança: assim que terminava minha parte, eu saía do teatro. Chegou o dia da última apresentação, e eu não tinha ouvido nenhuma vez Pills e Tabet. Será que guardaram rancor? Duvido. Aliás, eles também nunca foram à platéia enquanto eu cantava. Para eles, eu era só um nome, miudinho... e uma pessoa intratável.

Reencontrei Jacques em Nice, em 1941, e o ouvi cantar. Minha prevenção desapareceu e tive de admitir que o julgara muito mal em Bruxelas e que ele não era nada antipático. Ao contrário! Eu tinha muito prazer em falar com ele e, pelo jeito, ele também gostava da conversa. Não dizia com palavras, mas seu olhar era muito expressivo. Só que não éramos livres, nem ele nem eu...

Encontramo-nos anos depois em Nova York, onde Jacques apresentava seu programa num cabaré, enquanto eu cantava em outro. Víamo-nos de vez em quando, em casa de amigos comuns. Com alegria, mas também meio sem jeito. O único assunto era a profissão. Eu via muita coisa em seu olhar, imagino que ele também via no meu, mas a situação permanecia a mesma de Nice. Ainda não tinha chegado o momento de caminharmos juntos...

Quando voltei à França, soube que Jacques tinha se divorciado. Em pouco tempo, também eu fiquei livre.

Nesse dia, pensei que havia duas liberdades que logo poderiam se encontrar. Quando as coisas têm de ser, a gente sabe.

O que eu não podia adivinhar era o modo como o Destino proporcionaria esse novo encontro. Depois de uma longa turnê pela América do Sul, ele voltou à França, no *Île-de-France*, em companhia de seu agente norte-americano, Eddie Lewis, que também cuidava dos meus interesses do outro lado do oceano desde a morte de Clifford Fischer.

Certo dia, no navio, Jacques cantarola uma música e lhe pergunta:
— Eddie, a quem você acha que devo propor essa canção?
— Sem dúvida, a Édith!
— Ótimo, porque foi pensando nela que fiz essa canção, mas, como a conheço pouco, estava sem coragem de fazer a proposta.
— Não se preocupe, Jacques, acerto isso assim que chegarmos a Paris!

Cumprindo a promessa, Eddie Lewis, mal chegou ao George V, me telefonou:
— Faço questão de lhe apresentar um rapaz que fez uma canção magnífica para você. Quando podemos ir aí?

Marcamos o encontro para a tarde do dia seguinte. Cheguei atrasada, como sempre, e dou com quem, me esperando na sala, junto com um pianista? Eddie Lewis, é claro, e Jacques Pills! Fiquei embasbacada. Então era ele o rapaz que tinha escrito uma canção para mim!

Depois da surpresa, aproximei-me de Pills e, um pouco desconfiada, perguntei:
— Então você compõe?
— É. Desde o tempo da escola...
— Eu não sabia. E qual é a que quer me mostrar?

Estava doida para ouvir. Não só porque Lewis a qualificara de "magnífica", mas também porque, confesso, nunca consegui interpretar uma canção de alguém que não me seja simpático e adoro cantar peças de meus amigos. Talvez seja bobagem, mas é assim! Aliás, resta saber se isso é tão ridículo quanto parece à primeira vista. Conheço um homem muito sensato que sempre repete que "um bom poeta não pode ter um mau canal de comunicação". Se for verdade, e é o que me parece, por que meu instinto não me

131

previne contra as pessoas que não conseguem escrever boas canções para mim não por falta de talento, mas porque não há, entre mim e elas, nenhuma afinidade?

Jacques, entretanto, depois de segundos de hesitação, respondeu meio sem jeito à minha pergunta:

— O título, se você não se importar, só vou dizer daqui a pouco. Talvez lhe pareça muito... realista. Quanto à canção, eu a escrevi para você em Punta del Este, uma das mais lindas cidades do Uruguai.

— Letra e música?

— Não, só a letra. A música é do meu acompanhador, um rapaz de Toulon que estava lá comigo. Chama-se Gilbert Bécaud e tem muito talento.

O pianista começou a tocar, e Jacques cantou para mim "Je t'ai dans la peau" ["Tenho você na minha pele"].

Je t' ai dans la peau,
Y a rien à faire!
Obstinément, tu es là
J'ai beau chercher à m'en défaire
Tu es toujours près de moi...
Je t'ai dans la peau,
Y a rien à faire!
Tu es partout sur mon corps
J'ai froid, j'ai chaud,
Je sens tes lèvres sur ma peau,
Y a rien à faire,
J't'ai dans la peau.*

---

* "Fazes parte de mim,/ Não há como escapar!/ Obstinadamente estás aqui/ Por mais que eu queira me afastar/ Estás sempre perto de mim.../ Fazes parte de mim.../ Não há como escapar!/ Estás por todo o meu corpo/ Sinto frio, sinto calor,/ Sinto teus lábios em minha pele,/ Não há como escapar,/ Fazes parte de mim." (N. de T.)

Fiquei entusiasmada. Primeiro, pela música. Uma peça excepcional, nem era preciso ouvir duas vezes para compreender isso. E, depois, pela interpretação de Jacques Pills, tão feliz que, quando incluí a canção no meu repertório, cantei exatamente como Jacques tinha feito, sem pôr nem tirar um gesto, sem modificar nada.
Naquela noite, Eddie Lewis e Jacques jantaram na minha casa.
E Jacques voltou no dia seguinte, e nos dias seguintes. A canção precisava ser ensaiada, trabalhada, até ficar pronta! Às vezes, fazíamos algum comentário sobre nossos encontros em Nice e Nova York, mas nessa hora não olhávamos um para o outro. Estávamos representando. Saímos muitas vezes, simulando uma amizade que não enganava nenhum dos dois.

E, um dia, Jacques disse que me amava...

Tempos depois me pediu em casamento.
Se falo com facilidade do nosso casamento é porque não lamento nada. Durou quatro anos, anos felizes que foram muito bem vividos. Por que eu negaria isso agora?
Portanto, um dia Pills me disse:
— E se eu lhe pedisse para ser minha mulher?
Eu não esperava pela pergunta e confesso que fiquei sem fala. Não tinha nada contra o casamento. Só que achava — e creio que estava certa — que existem tipos de vida com os quais ele é incompatível. Ter um lar, um lar de verdade, quando as exigências da profissão levam você aos quatro cantos do mundo, de janeiro a dezembro? Não é fácil. Mesmo assim, valia a pena tentar.
E, em 20 de setembro de 1952, tornei-me a sra. René Ducos.
Queríamos nos casar na França, mas os papéis não estavam prontos e nossos contratos exigiam que fôssemos para os Estados Unidos. Por isso, a cerimônia foi realizada na pequena igreja francesa de Nova York, onde um padre norte-americano, de ori-

gem italiana, abençoou nossa união. A madrinha era minha grande amiga Marlene Dietrich, que me vestira dos pés à cabeça, e foi meu caro Louis Barrier, empresário e amigo havia 13 anos, quem me levou ao altar.

Nossos amigos tinham organizado duas recepções, a primeira no Versailles e a segunda no Pavillon, o maior restaurante francês de Nova York.

Não houve viagem de núpcias. À noite, cada um tinha seu programa musical, Pills no La Vie en Rose, e eu no Versailles...

Pois é, Jacques cantava no La Vie en Rose, e eu cantava no Versailles.

Era uma espécie de sinal. Casados naquela manhã e já separados pelo trabalho!

A canção "Ça gueule, ça, madame!" ["Sem bronca, Madame!"], que Jacques teve a divertida idéia de apresentar no Versailles na noite de nosso casamento, com meu pleno assentimento, dá uma falsa impressão do que foi nossa intimidade. É verdade que tenho um lado exaltado, que faz com que eu não goste de ser contrariada, ao passo que Jacques é muito calmo, plácido e conciliador, mas, apesar de termos temperamentos tão diferentes, nosso casamento teria sido perfeito se não fôssemos, tanto ele quanto eu, estrelas da canção.

Se pude exercer alguma influência sobre a evolução de seu talento e orientá-lo para as canções "fortes", tão adequadas a sua personalidade e seus dotes, a verdade é que Jacques não precisou de mim para ser famoso. Nos Estados Unidos, o apelido dele era "senhor Charme", desde a primeira visita. Ele tinha o lugar dele, e eu o meu, e entre nós nunca houve rivalidade artística. Podíamos, sem nos prejudicar, cantar num mesmo espetáculo.

Houve uma época em que acreditamos que seria possível correr o mundo, um ao lado do outro, de mãos dadas. Estivemos juntos em cartaz no Marigny, depois em turnê com o Super-Circus e por fim nos Estados Unidos, num roteiro que nos levou até o litoral do Pacífico.

Era bom demais para durar. Chegou o momento em que aceitamos que, apesar de nossos esforços, não dava mais para tentar conciliar nossas carreiras. Não existiam tantos estabelecimentos que pudessem se dar ao luxo — dispendioso — de apresentar Jacques Pills e Édith Piaf no mesmo programa. Houve uma vez em que cantamos a milhares de quilômetros um do outro, depois outra e outra... Uma opereta o chamava a Londres, enquanto meus contratos me retinham em Nova York. Eu estava em Las Vegas. Ou em Paris.

Não quisemos ser um daqueles casais que se cumprimentam de um avião para o outro, no meio do Atlântico, um indo para os Estados Unidos, o outro para a França.

Mas não lamentamos, nem ele nem eu, o fato de termos feito um pedaço do caminho juntos, e continuamos unidos pelos sólidos laços de uma amizade sincera.

XIII

Un artiste peut ouvrir, en tâtonnant, une porte secrète et ne jamais comprendre que cette porte cachait un monde.*

JEAN COCTEAU

A primeira vez que trabalhei no teatro foi um prazer: a peça era de Cocteau. Admirava-o muito antes de conhecê-lo – é possível ler Cocteau sem admirá-lo? –, mas, no dia em que alguns amigos nos apresentaram, eu me senti deslumbrada e conquistada. Falou-me sobre canção com a extraordinária lucidez que assombra seus amigos, por mais habituados que estejam à sua conversa brilhante, e fiquei feliz ao saber que ele gostava do *music hall*.

– É lá – disse ele – que se encontra o verdadeiro público, o dos jogos de futebol e das lutas de boxe. Acabou-se o tempo das torres de marfim, e os esnobes saíram de moda. O homem comum é bem mais interessante que eles, mas bem mais difícil...

Quando, a seu pedido, comecei a chamá-lo apenas de Jean, como fazem centenas de pessoas que ele mal reconheceria se as

---

* "Hesitante, o artista pode abrir uma porta secreta e jamais compreender que essa porta escondia um mundo." (N. de T.)

encontrasse, comecei a pensar num vôo muito mais alto. Para Marianne Oswald, cujas apresentações provocavam verdadeiras batalhas que iam dos corredores do Folies-Wagram até as imediações do teatro, ele cedera duas inesquecíveis "canções faladas", "Anna la bonne" ["Ana"] e "La dame de Monte-Carlo" ["A dama de Monte Carlo"]. Para Arletty, ele tinha tirado um esquete de um conto de Petrônio, "L'école des veuves" ["A escola das viúvas"], que ela representou no A.B.C. alguns anos antes da guerra. Talvez, se eu pedisse, ele me desse a grande honra de escrever algo para mim...

Um dia, tomei coragem para lhe fazer o pedido.

— É claro — acrescentei —, não precisa ser muito grande... Eu não seria capaz de preparar uma peça em três atos. Um já basta...

Eu estava pensando, sem coragem de dizer, em *La voix humaine* [A voz humana] e na incomparável Berthe Bovy. O que eu queria era algo parecido. Uma *Voix humaine* à minha medida...

Com grande alegria, percebi que a idéia não desagradava a Cocteau.

— Por que não? — respondeu. — Vou pensar nisso e você vai ter seu esquete. Mas já fique avisada: não conte com frases geniais nem com imagens poéticas. Vai ser um diálogo simples, escrito com "letras grandes" para todo mundo entender...

E assim nasceu *Le bel indifférent* [O belo indiferente].

A peça tem duas personagens, uma das quais permanece rigorosamente muda. O cenário representa um quarto pobre de hotel, cuja luz vem dos luminosos da rua. Quando a cortina se abre, a mulher está sozinha no palco. É uma pequena cantora de *nightclub*, que vive com um belo rapaz que já não a ama. Ela está sempre à espera dele. Naquela noite também, ela está à espera dele. Ele chega, põe um robe, deita-se na cama, acende um cigarro e pega um jornal que lhe esconde o rosto. Ele não abriu a boca.

E ela fala. É o patético monólogo do amor não correspondido. Ela passa da raiva à dor, da dor à ameaça; mostra-se afetuosa, revoltada, humilhada:

"Eu amo você. É isso. Eu amo você, e você sabe disso! Você diz que me ama. Mas não. Se me amasse, Émile, você não me deixaria à espera, não me atormentaria a cada minuto, indo de boate em boate, me deixando aqui. Estou me acabando. Já não sou a mesma. Pareço um fantasma..."

O homem adormece. Ela o acorda. Ele se levanta, veste-se de novo e sai para se encontrar com a amante. Ela ameaça matá-lo, agarra-se a ele.

"Perdão, vou ficar quieta. Não vou me queixar mais. Vou ficar calada. Assim... não vou falar nada. Vou deitá-lo e cobri-lo. Vou ficar olhando você dormir. Pode sonhar e, no sonho, ir aonde quiser, me enganar com quem quiser... Mas fique... fique! Eu morro se tiver de ficar à sua espera amanhã e depois de amanhã... É atroz. Émile, eu suplico, fique!... Olhe para mim. Eu aceito. Pode mentir, mentir, mentir e me deixar esperando. Eu espero. Espero o quanto você quiser!"

Ele a empurra, dá-lhe uma bofetada e sai batendo a porta. Ela corre até a janela enquanto a cortina cai.

É só.

E é uma obra-prima.

Ficou decidido que *Le bel indifférent*, com cenário de Christian Bérard, entraria no programa do Bouffes-Parisiens ao lado de *Les monstres sacrés* [Os monstros sagrados]. A peça seria a última da noite e meu parceiro era Paul Meurisse. Eu o conhecera no cabaré, onde ele cantava músicas alegres de um modo lúgubre, e era perfeito para o papel, com seu rosto severo e sua impassibilidade natural[1].

Comecei a estudar o texto de Cocteau, para mim um trabalho novo, mas apaixonante, e depois passamos aos ensaios. Eu tentava disfarçar, mas estava orgulhosa por estrear no teatro, e ainda mais com uma peça escrita especialmente para mim por um grande poeta. Sabia que a tarefa era importante, mas não estava com medo. Jean, aliás, me tranqüilizava. Eu seguia fielmente todas as suas indicações, tudo correria bem e não havia o menor motivo para eu me preocupar.

Na noite da estréia, lá pelas dez horas, eu já estava pronta no camarim quando chegou um amigo. Em plena forma, feliz, eu o recebi com uma piada. Ele se espantou por me ver tão calma.

– Estou bobo! – disse ele. – Você não entendeu que vai falar durante meia hora sem ninguém para lhe dar a deixa, e que um diálogo de teatro escrito por Cocteau é bem diferente de uma canção? Procure se concentrar um pouco! Os artistas que estão no palco neste momento se chamam Yvonne de Bray, Madeleine Robinson e André Brulé. Você vai entrar depois deles. Sabe o que isso significa? E Paris inteira está na sala, à espera de um deslize seu!

Ele disse isso com a melhor das intenções, mas o momento não era o mais adequado. De repente, percebi. Ele estava certíssi-

---

[1]. Pelo tom desprendido com que Édith Piaf fala de seu parceiro, pode parecer que eles mal se conheciam. Ora, como já vimos, Paul Meurisse foi o homem que substituiu Raymond Asso na vida e no coração da cantora, quando este último teve de se juntar a seu destacamento em Digne, nos primeiros dias da mobilização. Portanto, eles viviam juntos havia vários meses quando a peça estreou no Bouffes-Parisiens, em abril de 1940. Aliás, quando eles começaram o romance, a cantora ainda não conhecia Jean Cocteau, que só lhe foi apresentado semanas depois, durante um jantar organizado pela esposa do célebre editor musical Raoul Breton – a famosa "marquesa". Enfim, parece evidente que o contraste entre a fleuma de Paul Meurisse e as fúrias que essa aparente indiferença provocava em Piaf deve ter inspirado a Jean Cocteau algumas cenas de *Le bel indifférent*.

mo. Eu não havia me dado conta. Ninguém se apresenta no teatro, depois de Yvonne de Bray, sem ter feito um curso de teatro! A aventura acabaria mal para mim, eu seria ridicularizada, as pessoas diriam: "Bem feito! Ela mereceu!", e eu nem poderia dizer que estavam erradas. Fiquei totalmente sem ânimo. Peguei minha bolsa, que estava na mesa de maquiagem, e, levantando-me de um salto, fui para a porta: eu não representaria, queria ir embora, fugir, me esconder em qualquer lugar...

As pessoas me seguraram, me acalmaram, e afinal, empurrada por mãos amigas, entrei no palco. Eu estava tremendo. Tinha de começar andando pelo quarto, durante alguns instantes, sem dizer uma palavra. Em seguida eu ia até a janela, punha um disco na vitrola, tirava e depois, atendendo ao telefone, dizia: "Alô!".

Eu dizia "alô" e depois? O que era para dizer? Angustiada, percebi que não me lembrava de nada. Tinha esquecido o texto. O texto inteiro! Era o "branco" absoluto. Minhas mãos estavam suadas. Eu via chegar o horrível momento em que teria de dizer alguma coisa. Poderia dizer "alô" umas três ou quatro vezes no máximo, e os espectadores perceberiam que eu havia empacado. O ponto poderia intervir. De fato, escondida atrás de uma coluna nos bastidores, estava minha secretária, com o texto nas mãos, pronta para ajudar, caso eu tivesse falhas de memória. Mas como ela podia adivinhar que eu não conseguia nem começar?

Fui até o telefone. E, quando peguei o aparelho, percebi com uma felicidade indizível que estava salva. Produzira-se um milagre. É essa a palavra. Meu texto? Eu me lembrava. Ele estava de volta, tão bruscamente como tinha me deixado.

E representei *Le bel indifférent* sem precisar da ajuda do ponto.

Como me saí naquela noite? Não sei, mas, levada pelo momento e por um texto de uma verdade alucinante, posso dizer que vivi a cena que interpretava. No fim, quando caí em lágrimas sobre a cama, eu estava exausta...

Mas a sala aplaudia. Jean Cocteau beijou-me e, no dia seguinte, a imprensa reconheceu que eu tinha me saído bem numa empreitada difícil para mim. Infelizmente, a época – fevereiro de 1940 – não era propícia ao teatro, e *Le bel indifférent*, que prometia uma longa carreira, teve de sair de cartaz após três meses de apresentações[2].

Quero falar de uma experiência curiosa que tive no momento em que – honra a que não foi fácil me habituar – trabalhei (muito provisoriamente) no teatro dos Bouffes-Parisiens.

Madeleine Robinson, que atuava em *Les monstres sacrés*, foi hospitalizada às pressas para ser operada. Ela não tinha substituta. Horas antes do espetáculo, Jean Cocteau me telefonou para perguntar se eu aceitaria, naquela noite, *ler* o papel de Madeleine.

– Fico com o papel nas mãos?
– Claro.
– Então está bem!

Achei que não seria complicado ler um texto no palco.

Pois bem, é horroroso!

Ao menos para alguém que não está habituado. Suei sangue e água durante toda a apresentação, com medo de perder minhas réplicas ou dizê-las de modo inadequado. E isso deve ter acontecido mais de uma vez naquela noite. De qualquer forma, foi com

---

2. Ao contrário da afirmação de Édith Piaf, fevereiro de 1940 foi um mês tranqüilo, visto que as operações militares tinham sido reduzidas ao *statu quo*. Após seis meses daquele marasmo inicial da guerra, teatros e *music halls* funcionavam com sucesso. Édith, aliás, estreou seu espetáculo no Bobino no dia 16 daquele mês... e, além disso, a peça só seria encenada em abril. Convocado nos primeiros dias de abril, Paul Meurisse conseguiu (por influência de Cocteau ou de Piaf?) uma licença excepcional de dez dias para atuar na peça. Ao término da licença – no final da sétima apresentação –, ele foi substituído por Jean Marconi. A peça se encerrou por si mesma – como todos os outros espetáculos – menos de um mês depois, quando a Wehrmacht, atravessando Bélgica, Holanda e Luxemburgo, atacou Paris sem encontrar praticamente nenhuma resistência. Estamos, portanto, bem longe dos três meses mencionados por ela.

142

profundo alívio que pronunciei as últimas linhas do papel que terminava... com um belo palavrão.
Que soltei, parece, com muita naturalidade.
Para grande alegria da sala, que caiu na risada, aplaudindo a amadora cujo préstimo corajoso bem merecia, naquela noite, alguns bravos.

Retomei *Le bel indifférent* em 1953, no teatro Marigny, com Jacques Pills no papel criado para Paul Meurisse. A direção era de Raymond Rouleau, e o belo cenário de Nina de Nobili substituía o de Christian Bérard, que infelizmente se perdera. O sucesso foi considerável, e a crítica, excelente.

Não vou citar nenhum artigo, mas quero deixar aqui o que Jean Cocteau escreveu no prefácio do pequeno livro em que reuniu algumas de suas obras "menores", entre as quais *Le bel indifférent*, e suas "canções faladas". Aí vai:

Já falei das pequenas atrizes dramáticas (atrizes de bolso), como, por exemplo, as senhoritas Édith Piaf e Marianne Oswald. Sem elas, um ato como *Le bel indifférent*, canções faladas como "Anna la bonne" ou "La dame de Monte-Carlo" tornam-se pouca coisa.

No que me toca, discordo dessa afirmação. *Le bel indifférent* é, para uma atriz, um "pretexto" maravilhoso, mas ela não tem nada a acrescentar. Tudo está lá. A peça existe por si e é uma obra-prima.
Mesmo assim, Jean, agradeço-lhe muito as linhas que acabo de citar.

XIV

> *L'homm' que j'aimerai,*
> *Y a si longtemps que je l'aime,*
> *Lorsque je l'aurai,*
> *J' vous jur' que j' le garderai*
> *Du moins, j'essaierai...*
> *Les hommes sont tous les mêmes!*
> *En tout cas, nous deux,*
> *Nous essaierons d'être heureux.* *
> "L'HOMME QUE J'AIMERAI"
> M. Achard e M. Monnot, 1951

La p'tite Lili [A pequena Lili], que marcou minha "segunda estréia" no teatro (como é costume dizer na Comédie-Française), exigiu seis semanas de ensaios e dois anos de discussão. Não se chegava a um acordo sobre nada.

O diretor principal, Mitty Goldin, que havia anos conduzia o A.B.C., tinha encomendado a peça a Marcel Achard e desejava montá-la, contanto que fosse dirigida por Raymond Rouleau – o mesmo que me dirigira tão bem em *Le bel indifférent*. Marcel Achard não queria ouvir falar de Rouleau, que declarara, aliás, que nunca trabalharia num teatro de Mitty Goldin, e sobretudo para o autor de *Jean de la Lune* [Jean da Lua]. Quanto aos cenários, a mesma lengalenga. Achard fazia questão de Lina de Nobili, que Goldin

---
* "O homem que vou amar,/ Já amo há tanto tempo,/ Quando ele estiver comigo/ Juro que não vou deixá-lo fugir/ Ou, pelo menos, vou tentar.../ Os homens são como já se sabe!/ Em todo caso, nós dois/ Tentaremos ser felizes." (N. de T.)

julgava indesejável. O resto era do mesmo teor, autor e diretor discutindo feio.

Naturalmente, como o papel principal da peça fora feito para mim, eu podia opinar e, de vez em quando, nos momentos de trégua em que descansavam a garganta, eles me perguntavam:

— O que você acha, Édith?

Minha posição era bem clara e não mudava. Consistia em quatro pontos fundamentais. Eu queria:

1º Representar *La p'tite Lili*, comédia musical em dois atos e não sei quantos quadros de Marcel Achard, com música de Marguerite Monnot;

2º Encenar a peça no A.B.C., do diretor Mitty Goldin;

3º Ser dirigida por Raymond Rouleau;

4º Ter os cenários de Lina de Nobili.

Consegui tudo isso. Foram necessários dois anos de paciência, muita diplomacia, alguns berros (para não destoar do ambiente) e enorme força de vontade, qualidade que felizmente não me falta. Quando chegaram a um acordo, a escolha do elenco causou novos problemas. Eu pensava em Eddie Constantine para o papel do bandido. Goldin não queria. Achava-o desajeitado, sem graça, e não gostava... do sotaque dele, o que parecia um pouco estranho, pois o próprio Mitty, apesar de trinta anos em Paris, conservou até a morte seu forte sotaque da Europa Central. Acabou cedendo, diante dos meus pedidos e de Raymond Rouleau, que lhe lembrava ser possível cortar algumas falas e que os bandidos, em geral, agem muito e falam pouco. O cancionista Pierre Destailles, em quem Marcel Achard tinha pensado para o personagem de Mario, já estava comprometido. Era preciso substituí-lo. Propus Robert Lamoureux, que queria muito se lançar na dramaturgia. Goldin resistiu por bastante tempo, mas resignou-se, sem entusiasmo, a lhe dar a oportunidade. Considerado hoje um de nossos melhores atores, Robert provou que a merecia.

E começaram os ensaios. Era muito engraçado. A peça estava pronta, é claro, mas ninguém a lera, pelo simples motivo que o autor não tivera tempo para escrevê-la até o fim e ainda não tínhamos o texto. Começamos as primeiras cenas. Cada dia, atento e animado, Achard trazia a seqüência. Era emocionante... como um bom folhetim! Estávamos à espera de Marcel quando ele chegava ao teatro.

— Então, Marcel, quem matou?
— Quem é o assassino? Ele ou eu?
— No fim, quem é que se casa com a pequena Lili?

Marcel sorria para todos, distribuía as folhas que tinham acabado de ser datilografadas naquela manhã e invariavelmente respondia:

— Não se preocupem, meninos, um dia ficarão sabendo. Por enquanto, vamos ensaiar!

O que você faria se estivesse no nosso lugar?

Na época, Eddie Constantine não tinha o perfeito domínio do idioma francês que tem hoje e, desde o segundo ensaio, Raymond Rouleau ia, como bem lhe soava, cortando os trechos a golpes de lápis azul. O papel do bandido seria mudo.

— A peça ficará melhor assim — declarava Rouleau —, e Constantine não será prejudicado.

Não era a minha opinião, que manifestei claramente. Protestei com veemência, e em várias ocasiões houve, no escritório de Mitty Goldin, uma batalha verbal cujo eco podia ser ouvido até no bulevar Poissonnière. Fiquei firme. Eddie fora contratado para representar e cantar, e ele iria representar e cantar. Eu estava decidida a desistir do meu papel, disposta a pagar todas as rescisões necessárias, se não me atendessem. Depois de oito dias de discussões, Rouleau abandonou a luta. Mitty Goldin deu um suspiro desolado, predisse que caminhávamos para o fracasso e, aborrecido, saiu do teatro. Ficou sem falar comigo vários dias.

E, na noite da estréia, tudo correu às mil maravilhas. Eddie teve alguma dificuldade com o texto, mas, com sua voz magnífica, venceu pelas canções. Teve de bisar "Petite si jolie" ["Pequena tão linda"]:

> *Petite si jolie*
> *Avec tes yeux d'enfant,*
> *Tu boul'verses ma vie*
> *Et me donn' des tourments.*
> *Je suis un égoïste,*
> *J'ai des rêves d'enfant.*
> *Si j'ai le cœur artiste,*
> *Je n'ai aucun talent...*
> *Voilà, jolie petite,*
> *Il ne faut pas pleurer,*
> *Le chagrin va si vite*
> *Laisse-moi m'en aller!**

La p'tite Lili marcou uma virada na carreira de Eddie Constantine, que até então não tinha sido brilhante. Mais tarde, ainda após alguns obstáculos, ele chegaria rapidamente ao auge. A sorte o esperava no cinema.

Nós nos conhecemos meses antes de *La p'tite Lili*, no Baccara, onde eu cantava. Ao me ouvir, ele escreveu uma versão em inglês para "Hymne à l'amour", que desejava me mostrar. Achei a adaptação interessante, embora precisasse de retoques, e o autor, muito simpático. Nossa amizade-paixão — a expressão é dele — nasceu nesse dia e durou o suficiente para lhe dar sorte.

---

* "Pequena tão linda/ Com teus olhos de menina,/ Mexes com a minha vida/ E me atormentas./ Sou um egoísta,/ Tenho sonhos de criança./ E, embora meu coração seja de artista,/ Falta-me talento.../ Por isso, linda pequena,/ Não precisas chorar,/ A tristeza passa tão depressa/ Deixa-me partir!" (N. de T.)

Ele não se esqueceu disso, e tive o prazer de ler, nas memórias que publicou há meses sob o título de *Cet homme n'est pas dangereux* [Este homem não é perigoso], depois de uma alfinetada talvez desnecessária, as seguintes palavras:

> Édith Piaf ensinou-me tudo, assim como a vários outros, *tudo* a respeito do modo como um cantor deve se apresentar. Transmitiu-me confiança. E eu não tinha confiança em mim. Deu-me vontade de lutar. E eu não tinha vontade de lutar. Ao contrário, estava me entregando. Para que me tornasse alguém, fez-me acreditar que sou alguém.
> Ela tem o dom de afirmar e reforçar uma personalidade. Costumava dizer: "Você tem classe, Eddie. Será um astro!". Vindo dela, estrela de primeira grandeza, a frase me estimulava.

Desde a primeira noite, *La p'tite Lili* fez um enorme sucesso, que a imprensa constatou no dia seguinte, sem todavia aderir completamente.

Os jornais declararam que a direção de Raymond Rouleau era excelente, elogiaram a beleza dos cenários de Lina de Nobili e a leveza da música de Marguerite Monnot, e cobriram de elogios os intérpretes, os "inéditos" Robert Lamoureux e Eddie Constantine, e os outros, a começar pela divertida Marcelle Praince e pelo elegante Howard Vernon. Recebi minha parte de elogios, entre os quais este texto de Paul Abram, ex-diretor do Odéon:

> Édith Piaf, cantora internacionalmente famosa, poderia, na trilha do sucesso já consagrado, continuar sua carreira gloriosa.
> Desejou ir além e deu uma corajosa virada, que para outros talvez pudesse ser perigosa, senão fatal. Abandonando a imobilidade, a posição encostada ao piano, com o corpo quase ausente, onde só

vibravam os braços e o rosto, decidiu bruscamente se tornar uma atriz viva, alerta, animada, sensível. É um sucesso total.

O que mais surpreende nessa metamorfose é a perfeição de tom e a variedade das qualidades expressivas da nova atriz. Conhecemos a Édith Piaf cantora, de timbres dolorosos, em que a voz profunda, estranhamente sexuada, clama os lamentos do desespero e do amor. Não suspeitávamos de seus múltiplos dons que, em *La p'tite Lili*, vão da fantasia mais harmoniosa à mais verdadeira emoção... Ela conseguiu, aparentemente sem esforço, compor os diferentes aspectos de sua personagem com um raro e inigualável êxito.

Por incrível que pareça, os elogios eram menores quando se referiam à peça em si!

O autor era censurado por não ter escrito outro *Jean de la Lune* ou outro *Domino*! Ninguém admitia que ele não pretendera tanto e que, mesmo assim, o enredo que imaginou era muito engenhoso e bem conduzido. Em torno da heroína, costureirinha e pardalzinho parisiense, com lábios cheios de canções e um coração generoso, ele construíra uma história de amor entremeada com um ajuste de contas entre bandidos. O resultado era tratado com uma ironia que lembrava a de Achard: um elaborado coquetel no qual humor e emoção resultavam na mais agradável e na mais leve das misturas. Havia cenas ótimas, tiradas espirituosas, um diálogo ágil. E também – com Marcel Achard manejando os estribilhos à perfeição – canções maravilhosas. O público estava satisfeito. Nem podia não estar.

Os críticos mostravam-se mais exigentes. Queriam que a peça tivesse aquilo que o autor nunca teve a intenção de fazer. Drama da incompreensão. Alguns, que admitiam ter passado uma noite excelente no A.B.C., punham sua satisfação em dúvida e se indagavam sobre o gênero da obra. Seria uma comédia musical, tal como anunciada no programa? Não seria, antes, uma opereta? Ou outra coisa qualquer? Discussões bizantinas. O público não se importava com isso. Quanto a Marcel Achard, ele ria em silêncio. Será para sempre aquele que, questionado por um doutor em dramaturgia sobre seu sistema dramático, respondeu: "Sistema dramático? Sei lá o que é isso!". Para ele, a grande regra é agradar. *La p'tite Lili* agradava, e era o essencial.

Comédia musical, opereta, fantasia com estribilhos ou qualquer outra coisa, *La p'tite Lili* teve uma carreira fulgurante e ficou sete meses em cartaz. A peça só foi interrompida porque um acidente de carro me impediu de trabalhar durante várias semanas[1]. Mas acho que a carreira de *La p'tite Lili* nunca acabará. Espero um dia ainda retomar essa peça em Paris – e por que não no A.B.C. de Léon Ledoux? – e cantar de novo as estrofes otimistas de "Demain, il fera jour" ["Amanhã será outro dia"]:

Demain, il fera jour
C'est quand tout est perdu que tout commence...
Demain, il fera jour!
Après l'amour, un autre amour commence.
Un petit gars viendra en sifflotant
Demain,

---

1. O acidente ocorreu em 14 de agosto de 1951, perto de Tarascon. No carro, um Citroën 15 CV, estavam, além de Édith, Charles Aznavour, Roland Avelys – artista já decadente que usava um estranho pseudônimo: "O cantor sem nome" – e André Pousse, campeão de ciclismo, vencedor dos míticos Seis Dias e futuro artista de cinema. No momento, ele substituía Eddie Constantine no coração de Édith. Era ele que guiava, e a cantora estava no chamado "banco do carona". Quando a retiraram dos destroços, estava com o braço esquerdo quebrado, várias costelas deslocadas, o que a impedia de respirar, e o corpo todo ferido. Como sentia muita dor, deram-lhe morfina. Foi o início de um declínio lento e progressivo. Enquanto permaneceu no hospital, a quantidade de droga que recebia, cuidadosamente controlada pelas enfermeiras, não foi excessiva; mas, assim que Édith voltou para casa, algumas pessoas em torno dela descobriram que lhe fornecer morfina podia ser uma atividade das mais lucrativas.

Il aura les bras chargés de printemps
Demain,
Les cloches sonneront dans votre ciel
Demain,
Tu verras briller la lune de miel
Demain,
Tu vas sourire encore.
Aimer encor', souffrir encor', toujours.
Demain, il fera jour!
Demain!*

---

* "Amanhã será outro dia/ É quando tudo está perdido que tudo começa.../ Amanhã será outro dia!/ Depois do amor, um outro amor começa./ Um rapazinho virá assobiando/ Amanhã,/ Ele terá os braços cheios de primavera/ Amanhã,/ Os sinos dobrarão no céu/ Amanhã,/ Tu verás brilhar a lua de mel/ Amanhã,/ Tu irás sorrir ainda./ Amar ainda, sofrer ainda, sempre./ Amanhã será outro dia! Amanhã!" (N. de T.)

XV

Uma grande turnê pelos Estados Unidos e pela América do Sul me afastou de Paris durante 11 meses.

Se, no início, gostei de passar de Nova York para Hollywood, de Las Vegas para Chicago, do Rio para Buenos Aires, a França logo me fez falta e foi preciso um grande esforço para respeitar o longo roteiro estabelecido por Louis Barrier.

Fui encontrando pelo caminho gente conhecida, fiz amizades, mas uma ausência tão longa da França, de Paris, é uma asfixia, uma agonia lenta. O ar de Paris é insubstituível...

Várias vezes, durante esse exílio voluntário, eu recordava com Robert Chauvigny, meu fiel maestro havia 13 anos, algum lugar do Champs-Élysées, certa rua do Marais, um aspecto das grandes avenidas. Era a nossa maneira de não perder contato, de permanecer fiel à nossa cidade e, sobretudo, de vencer o tédio.

Tínhamos também, toda noite, as canções do programa, e as mais antigas, nessas horas de melancolia, eram muito fecundas. De repente, como se fosse a primeira vez que as víssemos, descobríamos palavras encantadoras, notas que nos arrebatavam... Para nós, essas canções eram a França inteira e sobretudo Paris...

Enfim, voltamos. Orly. As avenidas. Meu apartamento do bulevar Lannes, muitos amigos e meus confidentes – menos numerosos! Sempre estabeleci uma diferença. Há os amigos. E há os confidentes. Falo muito com os amigos. Mas não tenho segredos para os confidentes. Por isso se entende que eu tenha me dado ao trabalho de selecioná-los cuidadosamente! Posso contar tudo a eles: nunca me traem. E, creiam, essa é uma das alegrias da minha vida...

Mas estou me desviando. Orly... o bulevar Lannes... Meu velho piano estava no mesmo lugar, e em cima dele logo se amontoaram os manuscritos. Porque, prevendo meu retorno à França, eu pedira novas canções a meus autores. Marguerite Monnot, que, durante minha ausência, tinha escrito as adoráveis canções de *Irma la Douce*, lá estava, a meu lado, fiel como de costume e sempre cheia de talento.

– Marguerite, leia isto...

Era o poema de *Salle d'attente* [Sala de espera], de Michel Rivgauche.

– Marguerite, ouça isto...

Era a melodia de "La foule" ["A multidão"]: ela me agradara muito durante a estada na América do Sul, e eu pretendia cantá-la.

O excelente cantor Paul Péri, marido de Marguerite, pediu, assim que o disco terminou:

– Édith, põe de novo...

Marguerite fechara os olhos; também ela estava arrebatada e só murmurou:

– Como eu gostaria de ser a autora...

Michel Rivgauche veio, e Pierre Delanoë. Este último já tinha me oferecido lindas canções, e Michel também me deslumbrou.

Assim nasceram, em poucas semanas, como num passe de mágica, as peças que tive a alegria de interpretar durante a turnê preparatória de um mês pela França e, depois, no Olympia, onde

Bruno Coquatrix pediu para eu ficar 12 semanas, recorde que me enche de orgulho[1].

Será pecado? Em nossa profissão, há uma certa ciumeira. Até eu chegar, diziam: "Sabe, fulano ficou tanto tempo no Olympia...", ou então: "Ele ficou quatro semanas...". Confesso que tenho vaidade, e 12 semanas no Olympia é uma façanha que me dá alegria, porque representa a recompensa pelo enorme esforço para não decepcionar o público parisiense, esse público que é o melhor juiz do mundo e que, faça eu o que fizer, será para sempre o "meu" público...

Foi Charles Aznavour – é verdade, ainda não contei que Charles viveu em minha casa vários meses, compondo e escrevendo as primeiras músicas que o tornaram célebre –, pois é, foi Charles Aznavour que me perguntou uma noite, ao voltar do Olympia:

– Você não acha que os aplausos de Paris têm um sabor todo particular?

É verdade, é um sabor diferente, algo que falta aos outros...

Entre minha turnê na França e a temporada no Olympia, consegui fazer o filme *Les amants de demain* [Os amantes de amanhã]. Quando o diretor Marcel Blistène e o produtor Georges Bureau me trouxeram o roteiro de Pierre Brasseur, não hesitei um instante: assinei o contrato.

Em seguida, telefonei para Pierre Brasseur.

– Meu caro autor...

– Do que você está falando?

– Não deve ser surpresa para você... Não conhece *Les amants de demain*?

---

[1]. De 6 de fevereiro a 25 de abril de 1958, Édith Piaf apresentou-se no Olympia durante 11 semanas consecutivas e não 12... Em compensação, dois anos depois do lançamento de *Au bal de la chance*, ela foi muito além desse "recorde que me enche de orgulho": ficou quase quatro meses (16 semanas, a partir de 29 de dezembro de 1960) no estabelecimento de Bruno Coquatrix, ameaçado de falência, e que foi salvo por ela.

— Então está tudo certo?
— Sim, está...
— Ah! Então, m...!
Esse é Pierre Brasseur. Ele escrevera a história pensando em mim, observara com grande talento o que me convinha, não duvidara de que eu teria prazer e orgulho em ser sua intérprete, mas estava surpreso, sincera e estranhamente surpreso de saber que eu concordara!
— Existe aí em sua casa uma garrafa especial? Estou precisando me refazer...
— Acho que sim.
— Então, vou jantar com você... Uma garrafa especial, hem? Édith, nada de champanhe. Está lembrada?
— Eu sei do que você gosta...
Às seis da manhã, Pierre ainda segurava o copo de Beaujolais. Ele continuava firme, tonitruante e apaixonante.
Às oito, pedi que se retirasse. A esposa dele estava cabeceando de sono, e eu, quase desmaiada: tinha encontrado meu mestre.

Que posso contar a respeito de *Les amants de demain*, que filmamos em meio a muita alegria, com Michel Auclair, Armand Mestral, Raymond Souplex e Mona Goya?
Os filmes felizes não têm história: são como os povos.
No momento em que escrevo estas linhas, o filme está montado, mas ainda não estreou[2].
Não sei o que os críticos dirão, mas confio na receptividade do público. É esse o julgamento que me importa. E, como tenho consciência de ter feito o máximo e de ter visto o esforço de Michel Auclair e de Armand Mestral, estou confiante, repito.

---

2. O filme de Marcel Blistène foi lançado em 26 de agosto de 1959.

O cinema me interessa. Lamento não poder dedicar-lhe mais tempo. Sei o que eu poderia fazer e o que está bem no fundo de mim, mas não tenho as horas necessárias para permanecer diante das câmeras. A canção sempre me envolveu, desde os longínquos dias da rua Troyon, e não me largará tão cedo.

Será o momento de deixar de lado os mil e um detalhes que marcam uma existência e chegar às considerações gerais? Creio que sim. Mas ainda falta explicar o que me levou a pedir que Félix Marten me precedesse no último programa do Olympia[3].

Eu não o conhecia antes do meu retorno. Quando Louis Barrier o recomendou elogiosamente, só respondi:

— Caro Loulou, acredito em você.

E, de repente, na noite de estréia, em Tours, ele bateu à porta do camarim.

— Boa noite, Édith, deixe que eu me apresente: Félix Marten.

Alto, sorridente, nenhuma timidez. Achei-o um pouco abusado.

— Boa noite.

— Estou contente de ter sido contratado junto com você, obrigado.

— Não tem de quê...

E ele voltou para o camarim dele.

Quando o contra-regra o chamou, fui escutá-lo escondida atrás de um cenário. Será que não gostei? Não tenho certeza. No dia seguinte tornei a escutá-lo, e no outro... Não gostei das músicas dele, mas seu jeito me agradou.

Disse um dia a Louis Barrier:

---

3. Félix Marten não precedeu Édith Piaf durante as 11 semanas que durou seu espetáculo. Em meados de março, ele foi substituído por Jean Yanne, num momento de renovação de todo o elenco.

— Você devia telefonar a Coquatrix para pôr Marten no programa.
— Mas pensei que...
— Temos mais de um mês para trabalhá-lo.
Telefonei para Marguerite Monnot e Henri Contet, os dois autores da velha-guarda, e para Michel Rivgauche.
— Venham aqui, preciso falar com vocês.
No dia seguinte, lá estavam eles. Era em Troyes, eu acho, ou em Nevers.
— Félix Marten vai entrar no programa do Olympia em fevereiro e precisa de canções novas...
Eles se puseram a trabalhar. Todos nós, aliás. Félix não foi um aluno fácil, nem difícil: às vezes era teimoso, mas cheio de boa vontade.
Os críticos não apreciaram a transformação, mas o público aprovou. Ora, o tempo era pouco, como vocês viram...
Quem busca saber as razões profundas que fazem com que eu me dedique a um cantor até prepará-lo é porque nunca avaliou a alegria intensa do escultor que dá forma ao mármore ou do pintor que cria suas personagens sobre a tela virgem; nunca avaliou isso, senão a pergunta nem existiria. Gosto de criar e, quanto mais difícil a tarefa, mais me entusiasma. Há uma satisfação em aprender, em transmitir...

XVI

Je salue la chanson. Par elle les poètes descendent dans la rue et touchent les foules. Paris cesserait d'être Paris si la traîne nocturne de sa robe ne s'ornait pas d'une guirlande émouvante de chanteuses. Brunes, blondes, rousses. Ces filles admirables expriment notre âme facile et profonde. Il semble que les chansons qu'elles chantent n'aient pas de racine, pas d'auteurs, et qu'elles poussent naturellement du macadam. La radio augmente le charme qu'elles exercent. À Marseille, à Toulon, le long du port, les fantômes de ces voix amplifiées nous poursuivent et nous impriment des refrains dans le cœur.*

JEAN COCTEAU

Já contei como escolho minhas canções e por que dou importância primordial ao texto.

Costumam me perguntar como preparo a encenação. Essa pergunta me deixa embaraçada. Dou a impressão de fazer pouco caso

---

* "Meus cumprimentos à canção. Por intermédio dela, os poetas descem às ruas e atingem as multidões.

Paris deixaria de ser Paris se a cauda de seu vestido de noite não estivesse enfeitada com a emocionante guirlanda de cantoras. Morenas, louras, ruivas. Mulheres admiráveis que expressam nossa alma pessoal e profunda. As músicas que elas cantam parecem não ter raízes nem autores, é como se brotassem do asfalto. O rádio ainda lhes aumenta o encanto. Em Marselha ou Toulon, ao longo do porto, os eflúvios dessas vozes amplificadas nos seguem de perto e gravam estribilhos em nosso coração." (N. de T.)

dos outros quando respondo que confio sobretudo no meu instinto? No entanto, essa é a pura verdade. Não estou dizendo que a encenação se faz sozinha, mas é mais ou menos isso.

Aprendo ao mesmo tempo letra e música ao piano. Aí as idéias aparecem, pouco a pouco. Não corro atrás delas, deixo que venham. O gesto que fiz naturalmente, sem pensar, ao pronunciar uma frase, se ele voltar no mesmo lugar, pode ser bom.

Faço poucos gestos, porque só é útil o gesto que acrescenta algo à canção. Entra nessa categoria, parece-me, o pequeno gesto que faço no final de "Disque usé", a admirável canção de Michel Emer, que lembra um disco que fica girando sem parar, com a agulha presa entre dois sulcos, repetindo sempre a palavra *espoir* [esperança] entrecortada:

Y a d'les... Y a d'les... Y a d'les...*

Nunca ensaio na frente do espelho. O método, que é usado por grandes artistas – como Maurice Chevalier, para citar apenas um –, é excelente para os fantasistas que preparam seus "efeitos" com minúcia. A mímica conta muito em sua interpretação e não pode ser improvisada. Para as músicas que canto, é diferente. Meu gesto precisa ser verdadeiro, sincero. Se eu não o estiver sentindo, é preferível não fazê-lo.

A forma definitiva se dá mais tarde, diante do público, e nunca está concluída. Guardo as reações de quem me ouve, elas me fazem pensar, mas não posso dizer que me influenciem. Se percebo na platéia uma resistência, procuro saber quais as causas. Achard disse que há noites "em que o público está sem talento", mas isso é só uma piada. É difícil que duas mil pessoas se enganem ao mesmo tempo. Se uma canção as desagrada, existe um motivo.

---

* "Há esp... Há esp... Há esp..." (N. de T.)

Compete ao artista descobrir qual é. Essa busca pode levar tempo, mas é sedutora. O importante é não desistir de uma canção a pretexto de ela não ter "rendido" nas primeiras vezes em que a cantamos. É preciso insistir, coisa que faço sempre. A novidade desnorteia, e o público nem sempre "pega". Às vezes, a gente tem de forçar um pouco. Se alguns artistas — entre os quais orgulhosamente me incluo — não tivessem lutado para impor obras originais, a canção teria passado pela maravilhosa renovação a que assistimos nos últimos vinte anos?

Fico preocupada quando começo a ter consciência do que faço durante uma canção, quando sei que a estou cantando, quando calculo gestos, quando eles perdem a espontaneidade que os tornava autênticos. É sinal de que a estou "sentindo" menos. É hora de lhe dar um descanso, de retirá-la do repertório.

Mas ela ficará guardada em minhas pastas e um dia eu a resgatarei.

Sempre tive em meu camarim um minúsculo piano, no qual eu fazia exercícios, seguindo um método, e Marguerite Monnot ficou muito espantada no dia em que toquei de ouvido, mais ou menos, talvez com alguns erros, o começo da *Sonata ao luar* de Beethoven. É verdade que o trecho é bem lento e eu não fui até o fim.

Nunca estudei piano, mas adoro música. Teria viajado milhares de quilômetros para escutar Ginette Neveu, tragicamente desaparecida no mesmo acidente de avião que custou a vida do meu querido Marcel Cerdan. A música, a música clássica, foi para mim, desde o dia em que a descobri, conforto e fonte de alegria e de esperança. Bach e Beethoven são meus autores preferidos, e sou grata a Marguerite por tê-los revelado a mim. Bach me arrebata do mundo presente e me leva ao céu, longe de todas as maldades e baixezas, e, quando me sinto cansada de viver, basta ouvir uma sinfonia de Beethoven. A música divina torna minha tristeza mais leve e me dá uma preciosa, uma maravilhosa lição de coragem.

Beethoven, Bach, Chopin, Mozart, Schubert, Borodine, gosto de todos, e, quando saio de férias, o que infelizmente é raro, levo discos nas minhas malas, como se fossem "pastilhas", para escutar na calma do campo.

Às vezes, quando estou contente, dou-me outro presente: canto para mim melodias de Duparc, Fauré ou Reynaldo Hahn.

Que "meus" autores me perdoem!

Outro encanto: os livros.

Sempre gostei de ler e, desde menina, no circo Caroli, na "caravana" de meu pai, a leitura era meu maior lazer, e eu devorava tudo que me caísse nas mãos. Literatura medíocre, como podem imaginar.

Foi Raymond Asso quem me mostrou que havia uma outra literatura, capaz de enriquecer quem a lesse.

Foi Raymond Asso quem abriu para mim essa porta que "dava para um mundo", e foi com Jacques Bourgeat que o percorri.

Nós nos conhecemos na casa de Leplée. Eu estava com vinte anos. "Jacquot" diz que já era quase um patriarca, o que não é verdade, pois ainda não chegara aos cinqüenta. Eu era pobre e malvestida, e a única riqueza dele eram os direitos hipotéticos que um editor imaginário lhe pagaria pelo livro que ele ainda não tinha escrito. Assim nasceu uma amizade que fez dele meu mentor, preceptor e "pai espiritual".

Autor de obras importantes de história e, embora não costume mencionar, de um belo livro de poemas, *Au petit trot de Pégase* [Ao trote curto de Pégaso], Jacques Bourgeat, que tem entrada livre na Biblioteca Nacional, sabe tudo. Exagero? Talvez. Digamos que o que ele não sabe daria um livro fininho.

O que ele me ensinou? Tudo. Literatura, prosódia, filosofia...
E não resisto ao prazer de transcrever o que ele dizia sobre as horas que passávamos juntos, de férias, numa pequena pousada no vale do Chevreuse, perto das ruínas da abadia de Port-Royal-des-Champs:

> Longe do barulho, longe do mundo, tendo como companhia apenas uma pilha de livros que são abertos ao acaso, nos bosques que guardam a sombra de Pascal, de Racine e do grande Arnauld, o velho e a mocinha evocam antigas lembranças e o caminho que percorreram. É a hora dedicada ao estudo. Sainte-Beuve lhes fala de seus ilustres vizinhos. Molière bate à porta e só é recebido se vier com Alceste, Agnès, Chrysale, Sganarelle, mas não com Thomas Diafoirus e Argan, cuja presença e cujo discurso Piaf não suporta. Jules Laforgue está lá, junto de Rimbaud, Baudelaire e Verlaine. Ronsard lê seu livro dos *Amores*. La Fontaine, seu *Dois pombos*. Até Platão, que acompanhou os dois eremitas, tem sob o braço *Diálogos* e *O banquete*. Não existe companhia melhor. Ah!, as calmas noites passadas perto da lareira, em que, guiada por esses bons livros, Piaf se nutre de saber, sem nada omitir e sem nada esquecer.

Tenho fé.
Minha vida começou por um milagre. Tinha quatro anos quando uma conjuntivite me deixou, em poucos dias, cega. Morava, então, com minha avó na Normandia. Em 15 de agosto de 1919, essa mulher corajosa me levou a Lisieux, e lá, aos pés do altar de santa Teresinha, rezei com ela, murmurando baixinho: "Por piedade, que eu volte a enxergar!".
Dez dias depois, em 25 de agosto, às quatro horas da tarde, meus olhos viram de novo a luz do mundo!

Desde então trago comigo a imagem de santa Teresinha do Menino Jesus.

Outra relíquia que me é muito cara: a cruz de sete esmeraldas que Marlene Dietrich me deu num Natal. Eu estava em Nova York. Marlene mandou-a de Roma, numa caixinha de ouro, com um pergaminho onde minha grande amiga escrevera apenas estas palavras: "É preciso encontrar Deus. Marlene, Roma, Natal".

Porque tenho fé, não tenho medo da morte.
Em certo momento da minha vida, há alguns anos, cheguei a desejá-la. Com a morte de uma pessoa que eu amava, meu universo desabou. Achei que nunca mais conseguiria ser feliz, que nunca mais conseguiria sorrir; estava sem esperança, sem ânimo, sem coragem. A fé me salvou[1].

À custa de um imenso sacrifício, eu desistira de construir minha felicidade sobre ruínas e lágrimas quando a morte levou, em plena força e plena glória, o grande guerreiro por quem eu nutria uma amizade excepcional.

É verdade, a fé me salvou...

---

1. Édith Piaf refere-se a Marcel Cerdan, que foi sem dúvida o maior amor de sua vida, morto em plena glória (em 28 de outubro de 1949, quando completou 33 anos), tornando-se um mito, intacto e intocável, no fervor de seus fãs e no coração de Édith. Apesar da fé a que se refere, a cantora inconsolável freqüentou por um tempo o espiritismo, na tentativa de entrar em contato com Cerdan. Por isso, durante meses, uma mesinha apropriada para esse tipo de prática fazia oficialmente parte da bagagem da cantora durante suas turnês, e ela pedia a seus acompanhantes que a ajudassem a mover a mesa para dialogar com o além.

XVII

De quem eu tenho muito medo? Daqueles
que não me conhecem e falam mal de mim.

PLATÃO

Dizem que este livrinho, no qual reuni algumas lembranças, narradas sem ordem precisa, conforme me vinham à memória, não ficará completo se eu não disser como era meu dia-a-dia. Então, vamos lá! Talvez seja a oportunidade de corrigir alguns erros cometidos, sem má intenção, é claro, por jornalistas mal informados. Já não houve um, não faz muito tempo, que escreveu que eu dormia na cama de Madame de Pompadour? De fato, na época eu tinha uma mobília de quarto Luís XV, mas que fora fabricada no tempo de Luís Filipe.

Moro no bulevar Lannes, num apartamento térreo e grande. Estou perto do Bois de Boulogne, minhas janelas dão para o campo de corridas de Auteuil e tenho, na frente, um pequenino jardim.

São nove cômodos, mas só uso três: o quarto, a sala e... a cozinha. Bastante ocupada pela profissão, ainda não encontrei tempo para mobiliar meu lar como, supõe-se, deveria ser. Não me faz falta. Vivo muito bem onde estou, e a presença de alguns baús na sala não me incomoda. O essencial é que estejam lá o piano de concerto — ao qual os compositores vêm se sentar para me mostrar suas melodias —, a vitrola — onde toco as músicas que gosto de ouvir —, os aparelhos de rádio e de televisão, boas poltronas e algumas mesinhas para repousar os copos. Um decorador ficaria escandalizado. Essa arrumação não valoriza os quadros que pendurei nas paredes e que são muito bonitos. Sei disso, mas fazer o quê? Ainda tenho um lado boêmio, e a vida errante que levo, seis meses aqui, três lá e três acolá, não ajuda muito.

Mas também tenho meu lado burguês. Sou muito friorenta, gosto que o aquecimento central, ligado assim que as folhas se tornam vermelhas, esteja no máximo e que as janelas fiquem fechadas. Já há corrente de ar suficiente nas coxias!

Outra mania burguesa: o tricô. Adoro tricotar, é minha paixão. Faço tricô o tempo todo. Sempre estou fazendo um pulôver. Meus amigos acham que não termino nenhum. Pode ser. Mas continuo sendo uma boa cliente das lojas de lã.

Tenho horror à tirania do horário.

Meu dia começa no meio da tarde. Às quatro, arrisco abrir os olhos e à noitinha começo a me sentir em forma.

Se preciso sair para ensaiar, engulo alguma coisa antes de ir para o teatro, mas só me sento à mesa para valer de madrugada, após o espetáculo. Amigos, sempre os mesmos há muitos anos, comem comigo na cozinha. Depois do café (que eu adoro), vamos para a sala. Tocamos, cantamos, conversamos. Momentos de descanso. Piadas, risos. Não sou contra pregar peças nos amigos, nem contra uma boa discussão. Embora eu seja de temperamento alegre, minha infância não foi nada divertida. Tento recuperar um pouco o que perdi. São também momentos de trabalho. Compositores me mostram as canções que fizeram, ensaio novas canções, rabisco outras num pedaço de papel.

E isso vai até de manhã. Os mais fracotes estão fora de combate há muito tempo. Dormem, aconchegados numa poltrona, ou já foram embora discretamente.

Vaidosa?

Claro que sou. Em casa, costumo andar de pulôver e calças de flanela, mas gosto de me vestir bem, de passar uma hora ou duas nos salões dos grandes costureiros e, embora raramente use, tenho paixão por chapéus, que formam uma verdadeira coleção.

O modelo que uso no palco não muda. Estreei com ele no Bobino, e esse traje, já refeito várias vezes, é praticamente o mesmo. Não quero que minha aparência distraia o espectador.

Houve, no entanto, certas canções que me obrigaram a ser infiel ao vestidinho preto, que chamo de meu uniforme. Usei um vestido de cauda, de veludo preto, para cantar "Le prisonnier de la tour" ["O prisioneiro da torre"].

> *Si le roi savait ça,*
> *Isabelle!*
> *Isabelle, si le roi savait ça...**

É isso.

Termino com uma citação. Tirada de Maurice Chevalier, que, no quarto volume de *Ma route et mes chansons* [Minha estrada e minhas canções], escreve a respeito de mim:

> Piaf, pequeno campeão peso-galo, desgasta-se doentiamente. Parece desperdiçar tanto suas forças quanto seus ganhos. Qual revolucionária, genial, corre para abismos que minha angústia de amigo entrevê ao final de seu caminho. Ela quer abraçar tudo. Ela abraça tudo. Renega todas as velhas leis de prudência do ofício de estrela.

Talvez, Maurice.

Mas a gente não muda...

---

* "Se o rei soubesse disso,/ Isabelle!/ Isabelle, se o rei soubesse..." (N. de T.)

O presidente Eisenhower, quando os médicos lhe recomendaram que se poupasse, respondeu que estavam pedindo muito. E acrescentou:

— Melhor viver que vegetar!

Gosto bastante dessa máxima, que há muito adotei.

POSFÁCIO

Que saudade e que prazer encontrar nestas "lembranças" o grupo de cúmplices e amigos que formavam uma família calorosa, muito querida, com a qual convivemos alguns anos.

Tivemos o privilégio de assistir ao nascimento de músicas como "Hymne à l'amour", quando a maravilhosa Marguerite Monnot veio cantar em nosso estúdio de ensaios na rua da Université... Sem esquecer a descoberta de "La vie en rose", acompanhada ao piano por Robert Chauvigny e ao acordeão por Marc Bonel, diante dos Compagnons de la Chanson, aos quais se agregara um jovem cabeludo que seria conhecido pelo nome de Léo Ferré... E Michel Emer com seu "acordeonista", e Henri Contet com seus textos poéticos, que às vezes terminavam em tom otimista — *mas, em minha vida, há muita primavera* — e às vezes dramático, como em "Bravo pour le clown", que jogava a mulher do alto do trapézio...

A casa de Édith vivia cheia de gente de talento, jovem, alegre, amiga. Havia sobretudo sua presença (e que presença!), seu magnetismo. Sempre pronta para uma estrofe ou uma algazarra, com a enorme risada que ainda pareço ouvir, porque ela gostava de brincar, "pregar peças", como uma menina feliz.

Estávamos, cada um a seu modo, apaixonados por ela, e ela correspondia.

Ela gostava de apoiar jovens artistas. Os Compagnons sabem disso, como, aliás, Montand, Constantine, Moustaki, Dumont e vários outros, a quem ela dava sugestões. E sempre de bom humor, com um sorriso de irmã mais velha. Maurice Chevalier, que conheci nessa época, dizia, no entanto, que ela prejudicava a própria estréia vindo cantar conosco no final da primeira parte...

Estou surpreso e feliz de encontrar "nossa" Édith nestas memórias, quando ela evoca personagens como o amigo Jacques Bourgeat, que foi para ela um iniciador e que ela tanto considerava. Nós o homenageamos com nossa versão do belo "Les vieux bateaux" ["Os velhos barcos"]... Aí também encontramos o esboço de Aznavour, que se tornaria o grande Charles, com quem tive a oportunidade de manter durante décadas um diálogo iniciado graças a Édith.

Lembro-me de algumas belas músicas interpretadas com ela: "Le roy a fait battre tambour" ["O rei mandou tocar o tambor", "Dans les prisons de Nantes" ["Nas prisões de Nantes"], "Céline"... Sem esquecer "Les trois cloches". Em todas, ela e eu cantávamos... Lamento não ter gravado "Le roi Renaud" ["O rei Renaud"], que era o número máximo de nosso espetáculo conjunto. Maravilhosas recordações.

Quero falar da generosidade de Édith, que se recusou ir aos Estados Unidos por nossa causa, porque o empresário norte-americano Clifford C. Fischer não achava necessário levar o grupo de jovens para fazer parte do programa. Ao fim de um ano, aquela mulher pequenina e decidida ganhou a queda-de-braço com o empresário e nos possibilitou uma carreira nos Estados Unidos que começou de modo estranho. Diante de nossa imensa decepção com esse sonho americano que nos parecia impossível, Édith, teimosa e um pouco zangada por duvidarmos, prometeu que todos ganhariam um tapa no dia em que embarcássemos no navio que partiria para Nova York. E assim, meses depois, quando Clifford C. Fischer cedeu, recebi da mão de Édith, antes de subir no *Queen Mary*, o tapa mais agradável da minha vida.

Édith foi para nós a fada-madrinha, que nos colocou no caminho do profissionalismo, com seu coração, seu bom humor, seu imenso talento e, sobretudo, sua generosidade. Édith, a quem tanto devemos. Édith, nossa Grande Dama.

Fred Mella

AGRADECIMENTOS

Agradecemos aos editores de música a autorização para transcrever trechos dos sucessos de Édith Piaf publicados por eles.

Nossos agradecimentos especiais à editora Paul Beuscher ("Un coin tout bleu", "La vie en rose", "Je n'en connais pas la fin", "Il a...", "Petite si jolie", "Demain il fera jour", "L'homme que j'aimerai", "Tous mes rêves passés", "Un refrain courait dans la rue", "Mariage"), à editora de Paris e a Maurice Decrick ("L'étranger", "Browning", "Mon légionnaire", "Le fanion de la Légion", "Paris-Méditerranée"), à editora Edimarton ("Hymne à l'amour"), à editora Vianelly ("Je t'ai dans la peau"), à editora Méridian ("Les trois cloches"), à editora Micro ("Battling Joë"), à editora Hortensia ("Bravo pour le clown"), à editora S.E.M.I. ("La Marie") e à editora René Valéry ("L'accordéoniste").

1ª **reimpressão** Novembro de 2007 | **Diagramação** Megaart Design
Fonte Centaur | **Papel** Pólen Soft e Couché Matte (fosco)
Impressão e acabamento Corprint Gráfica e Editora Ltda.